# どろにやいと

戌井昭人

講談社

目次

装幀　池田進吾（67）

どろにやいと

どろにやいと

わたしは、お灸を売りながら各地を歩きまわっている行商人です。お灸は「天祐子霊草《てんゆうしれいそう》麻王《まおう》」という名称で、父が開発しました。もぐさの葉を主に、ニンニク、ショウガ、木の根っこ、菊の葉を調合して作っています。

　天祐子霊草麻王をツボに据えて火をつければ、肩こり、神経痛、リウマチ、腰痛、筋肉痛、胃腸病、肝臓病、冷え性、痔疾、下《しも》の病、寝小便、インポテンツ、生理痛、生理不順、肌荒れ、頭痛、ぼんやり頭、自律神経失調などに良いと、いろいろな効能がうたわれています。ようするに万病に効くわけですが、どのくらい効能があるかは、人それぞれで、父は生前、「信じる人ほど効くもんだ」と話していました。

　天祐子霊草麻王を使用して、効果のあった場合は、感謝の手紙をよこしてくれる方もいて、父は、それらの手紙を桐の箱に入れて保管し、行商から家に戻るたびに、届いた手紙を眺めて晩酌をしていました。今でもその手紙は仏壇の前に置いてあります。

『半年以上も左肩が上がらず仕事もままなりませんでした。しかし天祐子霊草麻王さんに出会い、毎晩、据えておりましたら、一週間後に肩が上がるようになりました。これでまた仕事に復帰できそうです。助かりました。』（男性・タクシー運転手）

効果のあった人は、天祐子霊草麻王のことを、「さん」づけで呼んだりもします。

『思春期の頃から尻のイボに悩まされていました。焼いたり切ったりを繰り返してきましたが、しばらくするとイボは、またそこにできます。憎しみすら感じていました。けれども、このまえ、イボを切ってからすぐに、天祐子霊草麻王を据えました。毎日これを続け、一ヵ月経ちますが、現在にいたってもイボはでてきません。止めてしまうとまた出てくるかもしれないという恐怖はありますが、いまのところ大丈夫です。とにかくこの先は、天祐子霊草麻王と共に歩んでいこうと決めました。心から感謝いたします。ありがとうございます。』（女性・デパート勤務）

尻にできたイボなんてどうでもいいではないか、と思う方もいるかもしれませんが、他人からすれば、どうでもいいような病でも、当人にとっては悲痛な思いがあり、治れば感謝してくれる。これ人情なのであります。

『目が見えるようになりました。合掌』（男性・山梨県石和《いさわ》在住）

こちらに関しては、実際のところ天祐子霊草麻王がどこまで作用しているのか定かではありませんが、父が言っていたように、「信じる人ほど効く」ということのあらわれだろうと思います。

『海光神社の夜市で、おたくさまから天祐子霊草麻王さまを購入しました。わたくし共夫婦は恥ずかしながら、ここ二〇年以上も夜の生活がなかったのです。しかし天祐子霊草麻王さまを、旦那のそけい部に据えましたところ、その夜に、旦那がわたくしをもとめてきました。性生活には枯渇し、遠い昔の絵空事と思っておりましたが、天祐子霊草

麻王さまによって、新たな喜びを味わうことができました。どうもありがとうございます。』（女性・四七歳）

このように赤裸々な便りをよこしてくれる方もいます。

『先月、天祐先生が行商にいらしたとき、寝小便にも効くと講釈をしていただき、天祐子霊草麻王さんを購入しました。あのときも相談しましたが、息子は、わたしが四〇代半ばを過ぎて産まれた子供で、翌年に旦那を亡くしたこともあり、随分甘やかして育て、小学六年生になっても寝小便が止まらずにおりました。そこで天祐先生のおっしゃっていたように、天祐子霊草麻王さんを息子の肛門と金玉袋の間（あなた様は、この部分をアリのなんたらと言っていましたが失念しました）に据えました。ビロウな話が続いて申しわけないのですが、息子には、後方でんぐり返しをする途中で止まった格好になってもらい、アリのなんたらの部分を天井に向けて突き出させ、灸を据えたのです。最初は恥ずかしいと嫌がり、泣き出した息子ですが、心を鬼にして、寝小便を治すためだ、恥ずかしがっている場合か、と怒りますと、しぶしぶではありますが従ってくれました。すると驚くことに、その晩から、ピタリと寝小便が止まったのです。これで、修学旅行で東京に行けると、息子は喜んでおります。わたしも母として、とても感謝しております。』（女性・農家）

嬉しくなる便りです。手紙の中にある天祐先生とは父のことですが、この手紙の後に、息子さんからも手紙をいただきました。それは東京タワーの絵葉書でした。

『天祐さん、こんにちは。修学旅行に行ったとき、天祐さんのお灸を持っていきました。一日目は心配だったので、押入れにかくれて、すえました。二日目からはすえなくても大丈夫でした。でもお守りのようにして、ポケットに入れておきました。』

父は田舎の小さな村や山奥の集落まで足を伸ばし、購入してくれた人のところへは、ふたたび訪ねて、お灸を据えたりしていたので、顧客が離れることはありませんでした。また香具師《やし》の組合にも入って、お祭りの市が立つと口上販売をすることもありました。

香具師は神農《しんのう》さんという医薬を司る神様を信仰しています。神農さんは薬草の効能を確かめるため、わざと変な食べ物や腐った水を飲み、腹をくだして山の中に入り、木の根や草木を齧《かじ》って、どれが効くか試されたそうです。ですから、わたしの家にも神農さんの神棚があって、子供のころから毎朝拝むのが日課でした。

行商をする以前の父は地元の川崎の精螺《せいら》工場で働いていました。ある日、仕事帰りに、多摩川沿いの波丸神社の夏祭りに立ち寄ると、夜店でお灸の実演販売をやっていて、それを見て衝撃を受けます。口上をしていた香具師が、杖をついて歩いていたお爺さんを呼び止め、足の甲にお灸を据えると、お爺さんは杖をポイと投げ、普通に歩けるようになってしまったのです。なにごとも信じやすい性格の父は、その場でお灸を購入しました。

父は三人兄妹の長男で、弟と歳の離れた妹がいました。そのころ父は一八歳、妹は九歳でした。妹は右足が不自由で、お灸は彼女のために購入したのですが、買ってきたお灸を据えても妹の足は良くなりませんでした。そこで、もっと上質なものを作ればいいのだと、お灸作りの研究をはじめました。

けれども妹に開発したお灸を据えてやることはできませんでした。彼女は、波丸神社の夏祭りから一ヵ月後、台風が関東地方を直撃した翌日に、濁流となった多摩川に流されてしまったのです。そのとき彼女は、父から誕生日プレゼントで貰った赤い長靴を履くのが嬉しくて、一人で川に行き、崩れた土手で足を滑らせ、川に落ちたのでした。

妹は亡くなってしまいましたが、意地もあったのでしょう、父は工場に勤める傍らお灸の研究を続け、三年の歳月をかけて天祐子霊草麻王を完成させます。それから工場の仕事仲間や知り合いにお灸を据えたりしているうち、よく効くと評判になり、自信をつけた父は工場を辞めて、お灸を背負って行商に出ることにしました。ちなみに天祐子霊草麻王の「祐子」の文字は、亡くなった妹の名前なのです。

ところが行商に出て在庫が無くなると、いちいち川崎の自宅に戻って天祐子霊草麻王を製造しなくてはならないので、これでは効率が悪いと、弟に天祐子霊草麻王の製法を伝授して、行商に専念することになります。そして品物がなくなると電話をかけて、次に行く町の宿へ、天祐子霊草麻王を手配してもらい、補充してまた売り歩きました。

父は、三〇歳のときに岐阜の商人宿の娘と出会い、川崎に連れて帰り、一年後に子供が産まれました。これがわたしです。母は結婚当初から現在まで、叔父と一緒に天祐子霊草麻王の製造をしています。父はとにかく日本各地を歩きつづけ、川崎の家に帰ってくるのは、年に三、四回程度で、一週間もすると、また行商に出て行きました。

しかし一年前、五七歳のときに、山陰地方の山奥の集落へ行商に行った帰り、熊に襲われて命を落とします。

遺体は地元のお爺さんが発見しました。まわりには天祐子霊草麻王が散らばっていて、父は頭を叩かれたらしく、顔が一八〇度まわって背中を向き、リュックサックから飛び出した顧客名簿を咥《くわ》えていたそうです。この顧客名簿を受け継ぎ、わたしが二代目の行商人になりました。

けれども、それまでのわたしは行商をする気などまったくなく、父からも商売を継いでくれと言われたことは一度もありませんでした。

父の葬式の前日は台風が関東を直撃しました。当日は台風一過の快晴でしたが、前日の名残で斎場の近くの多摩川は濁流になっていて、同じような日に亡くなった妹の祐子さんが迎えにきているのかもしれないと叔父が話していました。

葬式が終わると叔父は、父の行商を継いでくれないかとわたしに話してきました。残った顧客名簿は、父にとっては宝物以上のものであり、どうしても身内に受け継いで欲しいということでした。

当時のわたしは、ずいぶん酷《ひど》い生活を送っていました。武田紀之という中学時代からの悪友と遊んでばかりで、昼間は武田の実家が経営する堀之内のソープランドに行き、別に働いているわけでもないのに、従業員と一緒に出前をとってもらって昼飯を食べ、その後は、控え室でソープ嬢とトランプでお金を賭けてドボンをやり、夜になると武田と一緒に酒を飲みに行き、最後はキャバクラで遊ぶのです。遊ぶ金は、武田が全部出してくれました。彼の親父は堀之内で二店舗のソープランドを経営していて、武田はたいした仕事もしていないのに、そこの役員でした。暇をもてあましていたわたしは、彼のちょうどいい遊び相手でした。また武田は覚醒剤をやっていて、わたしは「あんまりやりすぎるなよ」などと言いながらも、ちょろちょろお裾分けをいただいていたこともある始末なのです。

このように生活が荒《すさ》んでしまったのは、ボクシングをやめてしまったのが原因でもありました。言い訳がましいのですが、打込むものがなくなり、心にポッカリ風穴が空いてしまったのです。武田は、わたしが選手のころから、半ばタニマチのような感じで応援してくれていたので、ボクシングをやめてからも甘え続けていました。

ボクシングは高校のころにはじめて、卒業後は多摩川沿いの石鹸工場で働きながらジムに通っていました。二〇歳のときにプロテストに合格し、二四歳でスーパーライト級の日本チャンピオンに挑戦することになったのですが、その試合は負けたうえに、右目を負傷しました。右目は手術をして、その後、三試合しましたが、結局ボクシングをやめることになります。

さらにボクシングをやめてからの不規則な生活がたたって、右目は、ふたたび悪くなり、今では、いつも膜が張ったみたいにかすんで、視力はほとんどあてになりません。

このように、片目が見えなくなってしまうような酷い生活をしていたとき、父が亡くなりました。

叔父は、わたしに、「わけのわかんねえ生活はやめろ、このままじゃただのチンピラになっちまうぞ。おまえは親父の仕事を継げ、まあ、このご時世に行商が古いのはわかっている。天祐子霊草麻王も然《しか》りで、インターネット販売が主流になりつつある。おまえの親父は顧客名簿を辿っての行商はこれが最後だと考えていた。この名簿をまわりきったら終わりにしようとも話していた。だから残っている顧客をまわるのは、おまえの使命でもある」。使命とまで言われてしまいました。叔父は、ボクシングをやっていたときには応援してくれていたので、よけいにわたしの自堕落な生活を見兼ねていたのでしょう。もちろん自分でも、今のままでは、まずいと思っていて、この街から、しばらく離れなくてはどうにもならないとも感じていました。

こうして四十九日が終わった翌日に、わたしは川崎の街から逃れるように顧客名簿をたずさえて、各地を歩きはじめました。そろそろ一年が経とうとしていますが、地元には、まだ一度も戻っていません。最初こそ戸惑うことも多かったのですが、名簿に載っている家をまわると、たいがい父のことを憶えていてくれ、優しく迎え入れてくれるので助かりました。

今回の行商は、志目掛村《しめかけむら》という村へ向います。日本海に面した港町、酒井田を午前中に出て、三時間弱バスに揺られ、山奥にやってきてバスを降りました。地図を眺めると、志目掛村にはいくつかの集落が点在していて、思っていたよりも大きな村でした。

バス停から坂をのぼっていくと道は四つ辻になっていて、それぞれの集落へ向かう道があり、まずは大房トメさんという方が住んでいる集落に向かいました。顧客名簿を見ると、父は四回ほど志目掛村を訪れていました。

道は舗装されていないところも多く、木陰や橋の下には、初夏を迎えたというのに雪が残り、豪雪地帯であることが窺えます。あたりは田んぼと畑がひろがり、村全体は山に囲まれて、山は奥の方まで影のように折り重なっていました。

大房トメさんの家は、田んぼのどん詰まりにありました。木造の黒い大きな家は、裏に山が迫っていて、斜面の緑に浮かび上がっているように建っています。庭に面した縁側には、色褪せた赤いムームーのような服を着たお婆さんが座っていました。年齢からして彼女がトメさんのようです。

「こんにちは、こちらは大房トメさんのお宅でしょうか。以前、お灸の、天祐子霊草麻王を購入していただいたと思うのですが」

彼女はうつろな目つきで庭の先を眺めています。庭には赤いツツジの花が咲いていて、犬小屋がありましたが、鎖が死んだ蛇のように転がっていて犬は不在でした。

「あの、天祐子霊草麻王を持ってきました」

チラリとこちらを見た彼女でしたが、すぐに庭先に目線を戻します。どうしようかと迷っていると、あぜ道の方からエンジン音が聞こえてきました。振り返ると軽トラックがこちらに向かってきていて、家の前に停まると、肌の焼けた男と割烹着姿のおばさんが降りてきました。男の白いシャツやズボンは泥で汚れていて、二人とも麦わら帽子をかぶっていて農作業の帰りのようです。

割烹着姿のおばさんはそそくさと家の中に入っていきましたが、男は庭の垣根越しにいるわたしを不審がり、「どちらさんですか？」と声をかけてきたので、天祐子霊草麻王の話をすると、「あれれ、するとあんた、天祐さんの息子さんかい？」と驚いた様子で言いました。

男は大房敏郎さんといって、年齢は四〇代半ば、あけすけな明るい感じの人で、歯が白く、甲高い声で喋り、トメさんのことを「婆さん」と呼んでいますが、トメさんの息子さんでした。歳がいってからの子供だったので、物心ついたときには、もう婆さんだったと話します。

敏郎さんは、父がこの村を何度か訪れ、トメさんに縁側でお灸を据えていたのを憶えていました。

「それにしてもよ天祐さんか、懐かしいな」

敏郎さんは、感慨深そうに目を細めます。

「恥ずかしい話だけどもな、おれは子供のころ寝小便たれでよ、天祐さんに治してもらったことがあんだな。毎晩、寝る前に、尻と金玉袋のあいだに据えられてよ、なんていったっけな、あそこ」

「ありのとわたりですか」

「ありのとわたりだな」

「もしかしたら、父に手紙をくれませんでした?」

「東京に修学旅行に行ったときに買った絵葉書でお礼状を書いたな」

「東京タワーの葉書ですね」

「婆さんに強制的に書かされたんだけどもな」

「その葉書、父は大事にとっていました」

「そうですか、でも、おれは寝小便が治ってからは、お灸はやってねえな」

「久しぶりに、わたしが据えましょうか」

「もう寝小便はだいじょうぶだぞ」

敏郎さんは大きな声で笑い、ありのとわたり以外ならどこにでも据えてくれと言います。

さっそくわたしは、リュックサックから道具を取り出しました。線香、マッチ、灰皿、タオル、それから水をもらって、タオルを湿らせ灰皿に水を張ります。

天祐子霊草麻王は知熱灸《ちねつきゅう》で、もぐさを手のひらでほぐしてから丸め、指でまわして円錐形に成形し、底の部分に水をつけて湿らせます。こうすればピタリと皮膚に張りつくようになり、これをツボに据え、線香に火をつけて、お灸に火を入れるのです。

敏郎さんは、農作業で腰が痛いというので、縁側に寝てもらい、腰のツボにお灸を据えました。

背中から煙を立ちのぼらせながら、敏郎さんは目を細め気持よさそうな顔をしています。燃えたお灸は、外してから灰皿に入れ、また違うツボにお灸を据えていきます。取りかえるタイミングが悪いと火傷《やけど》をしてしまうので、見極めが大切です。相手に「熱い」と言わせてはいけません。

「婆さん、今日はよく見えるなあ」

敏郎さんが首を横に向けた庭の先には大きな山が見えました。

「ほら、山の形なんだけどな、牛が臥せてるみたいだろ」

山の稜線は痩せた牛の背骨みたいになっていて、隆起した端っこの方が牛の肩、頭は雲の中に突っ込まれています。

牛月山《ぎゅうげつさん》という霊山で、この辺りには他にも、湯女根山《ゆめこやま》、魚尾山《うおびさん》という二つの霊山があり、修験道《しゅげんどう》の行者が三つの山をぐるぐるまわっていて、三つの山は信仰の対象となっているのだそうです。

そういえば村に来る途中、バスの中から白装束の修験者が国道を歩いているのを見ました。本来なら山の中を歩いているイメージがある修験者ですが、トラックや車の走る国道を歩いていたので、なんだか変な感じでした。

三つの霊山は、牛月山が過去、魚尾山が現在、湯女根山が未来を表し、過去は死、現在は今生、未来はこれから生まれてくるもの、という意味があるそうで、「三つのお山をお参りすると生まれ変わって、新たな人生を歩めるんだ」と敏郎さんが説明してくれました。

生まれ変われるものならば、わたしは、三山を拝んでみたいものだと思いました。しかし、この村からだと、牛月山と魚尾山を拝める場所はあるけれど、湯女根山を望めるところはなく、山を越えていかなくてはならないのだそうです。

牛月山をしばらく眺めていると、ボヤけてしか見えなかった右目に映る山が、だんだん輪郭をくっきりさせてきました。

臥せた牛が立ち上がり、のっしのっしと歩きだします。牛は山が意味する「過去」へと向かっているのでしょうか、牛の歩く速度はとても穏やかで、自分の背負った過去、忘れたい過去が、ゆっくりと開帳されていくような感じがしました。

「あっちちち」敏郎さんの声がしました。わたしがボサッとしている間に、お灸の火が背中の皮膚に達しようとしていたので急いで取りのぞきました。火傷寸前のところでした。

「すいません」とあやまり、右目をぱちくりやりながら庭の先を見ると、牛はもういなくなっていて、山の上に雲が流れていきました。

敏郎さんは、一袋、五〇〇グラム、二五〇〇円の天祐子霊草麻王を購入してくれたので、父が作ったお灸を据えるツボが記してある用紙を渡しました。これには人体図が描いてあり、ツボに番号がふってあって、番号を追うと、どんな症状に効くか記してあります。また電話番号とメールアドレスもあるので、次回からは、ここに連絡してくれれば郵送で送ることができると伝えました。

「しかし便利になったもんだよな、婆さんがインターネットやってたら大変だったたな。婆さん、行商の人が来ると、羽毛布団だとか、百科事典だとか、なんでも買っちゃってたから、あるときなんて、ぶらさがり健康器も買っちまってよ、もしインターネットやってたら、いまごろ家ん中、物だらけだったたな」

居間には確かに、ぶらさがり健康器が置いてありました。しかしハンガーにかかった農作業用のジャンパーが吊るされていました。

トメさんは早くに旦那さんを亡くし、敏郎さんを女手ひとつで育て、二年前までは敏郎さんと一緒に農作業をやっていたそうで、トメさんの顔をのぞくと、皺の谷まで染み込んだように陽焼けをしています。

「こんな風に、ボーっとしだしたのは、用水路に流されてからだな」

敏郎さんは言います。

二年前、トメさんは農作業中に用水路に落ち、一〇〇メートル近く流されましたが、運良く土砂災害工事の作業員に助けられたそうです。ここら辺は、土砂災害が多く、集落がまるごとなくなってしまったこともあって、常にどこかしら工事をしているため、土木関係の人が常駐しているのでした。「工事の人がいなかったら、婆さん、お陀仏だったな」と敏郎さんは言います。そして、「頭に効くツボってあるんですかね」と訊いてきました。

「頭をスッキリさせるツボはあります。子供のころ、自分は試験勉強のときに、頭にお灸を据えてました。でもたいして頭は良くなりませんでしたけど」

「んだったら、婆さんに据えてもらおうかな」

「頭のてっぺんですけど」

「はい。やってみてくんねえかな」

トメさんの髪の毛は薄く、すぐに地肌が見えました。お灸を据えてもトメさんはほとんど動きません。頭から煙がたちのぼりはじめます。

とつぜんトメさんが叫び声を上げ、頭のお灸を手で払いながら、裸足《はだし》で庭に飛び出し、野生の猿のように木にしがみつきました。敏郎さんが焦ってトメさんのところに行き、背中をさすってなだめました。

トメさんは家の中に戻ってくると、なにごともなかったように、縁側に座って静かに山を眺めはじめました。

「婆さんにこんな体力が残っていたなんて、こりゃ天祐さん驚きだな」

敏郎さんは言いますが、いまのは天祐子霊草麻王の効能ではなくて、トメさんがちょっとした隙に頭を動かし、火の粉が肩に落ちたのです。わたしは敏郎さんに、トメさんの頭にお灸を据えるのは危険なので、やめてくださいと忠告しました。

帰り際、縁側で靴を履いていると、奥さんが「これ自家製ですから」と干し柿を持たせてくれました。

次に向かったのは村にあるお寺でした。一度、バス停の近くの四つ辻に戻って、そこからまた違う道を進みます。

なだらかな長い坂をのぼっていると、途中に食料品や雑貨を売っている古びた商店があり、店先の屋根には風化して字も読めないブリキの看板があって、店の前には錆びた自動販売機とベンチがあります。

道を挟んで反対側には、村の寄り合いに使うらしい平屋建ての公民館があって、玄関脇の花壇には黄色い花が咲いています。その隣の小学校からは子供たちの歌声が聞こえてきました。

しばらく歩くと、わたしが目指すお寺の看板が見えてきました。木造の藁葺き屋根の山門があって、あぜ道のような参道を進み石段をのぼります。山門の両脇には木造の立派な仁王さんの像がありました。ものすごい形相でこちらを睨んでいますが、のんびりと田んぼのひろがる風景の中で、このような恐ろしい顔をしている仁王さんは、暇を持て余しているように見えました。

ボクシングをやっていたころ、仁王スグルというリングネームのボクサーと戦ったことがありました。彼は名前通り、ものすごい形相で相手を睨むことで有名で、髪型はパンチパーマ、喧嘩で負ったものらしい深い傷痕が眉間にありました。

試合前、あまりにも睨んでくるので、わたしの側のセコンドは笑い出してしまい、余計に彼の怒りをかいました。しかしゴングが鳴って、一ラウンド、わたしのストレートが上手い具合に顎にヒットして彼は倒れ、呆気《あっけ》なく10カウントが数えられました。わたしは、白目で倒れている相手を見て、これは自分の実力で勝ったのではないと思いました。力んでいる人間は身体がかたくなり、パンチがヒットすると数倍のダメージを受けます。こんにゃくをパンチするのと、煎餅《せんべい》をパンチするのとの違いで、こんにゃくはふにゃっとするだけですが、煎餅は割れてしまうのです。

お寺の境内には大きな山桜があって、その下にベンチがありました。本堂は木造の建物で、境内に突っ立っていると、本堂の脇にある小屋のガラス窓が開いてお坊さんが顔を出しました。彼は箸を持ちながら、「見学ですね、そこで待っていてください」とベンチの方を指すので、「いいえ、お灸を」と言いかけたときには、もう窓は閉められていました。

わたしはベンチに座りました。ここは高台にあるので、木陰にいると涼しい風が吹いてきます。ベンチの横にはジュースの自動販売機が置いてあるのですが、お寺に自動販売機というのは、なんだか不釣り合いに思えました。しかしわたしは、缶コーヒーを買ってしまいました。無糖のものを購入したのですが、出てきたのは、ミルクの入った甘いものでした。

甘いミルクコーヒーを飲みながら五分ほど待っていると、紺色の作務衣《さむえ》を着たお坊さんが本堂の前に出てきて、「どーぞ、こちらへ」と手招きするので、立ち上がり、空き缶をゴミ箱に捨てて、本堂の木造階段の前にある靴箱に靴を入れました。

「拝観料、五〇〇円をお願いします」

四〇代半ばくらいのお坊さんは、小太りで眉毛が太く、愛嬌のある顔なのですが、食事中に来たのが気に食わなかったのか、不機嫌そうな感じがします。

わたしは行商に来たことを告げようとしましたが、見学の後にすることにしました。入口脇にある小窓から、中にいる割烹着のおばさんにお金を払って本堂の中に入ると、お坊さんが「では、そこに座ってください。痺れるから、脚をくずしてもかまいません」と言うので、リュックを降ろして畳の上にあぐらをかきました。

目の前にはロウソクが何本も立てられている燭台があり、奥には立派な仏壇が見えましたが、観音開きの扉は閉まっていました。右の壁には畳一枚くらいの古い絵があります。まん中には、灰色の大きな岩があって、それをとり囲んだ人々が手を合わせています。岩の天辺《てっぺん》からは噴水のように水が吹き出していますが、それぞれのサイズや遠近がメチャクチャで、どれが本当の大きさかわかりません。

薄暗い本堂の中で、ロウソクのゆれる光りを眺めていると、自分の身体も自然とゆれていて、いつのまにかお坊さんはいなくなっていました。あたりを見まわしても人影はなく、咳払いをすると、木造の壁に吸い込まれていきます。

右目に映るロウソクのぼやっとした光りが、じょじょに輪郭をくっきりさせ、炎が、渦潮のようにぐるぐるまわりはじめて、真ん中は黒い点になりました。その奥には、深い静寂があり、音がまったく聞こえなくなりました。

わたしはノックアウトを喰らったような状態で、渦の黒い点に吸い込まれそうになり、頭を下げ、両手を床について耐えています。

突然、木魚の音が響き出したので頭をあげると、炎の向こうの仏壇の前で、作務衣から袈裟《けさ》に着替えたお坊さんが、木魚を叩いていました。

お坊さんは木魚のリズムに乗せてお経を唱えはじめます。その音を身体で受けていると、右目はいつものようにボヤけだし、炎の渦は消えていきました。血流がどくどくと、木魚のリズムに同調していきます。

木魚を叩きながらのお経が終わると、お坊さんは長い棒に白い紙束のついた大幣《おおぬさ》で、わたしの頭をシャカシャカやりはじめ、念仏を唱えだしました。わたしは頭を垂れて手を合わせました。

ここまですべて、このお坊さん一人でやっているので、慌ただしい曲芸のようでもありました。シャカシャカが終わると、お坊さんは仏壇の前から走り込んできて、わたしの前でストンと正座して、お寺に関する説明がはじまりました。

「わたくしどものお寺が信仰するのは、三つの霊山のうちのひとつ、未来を意味する湯女根山です。あちらの壁の絵にありますように、湯女根山には、山頂に大きな岩があり、そこから湯が湧き出しています。これが御神体で、湧き出る湯は、人間の誕生を意味し、女性自身をも表しています。お山はかつて女人禁制でした。そこで、女性はこのお寺から、湯女根山の方角に向かってお参りをしたのです。しかし女人禁制は、マッカーサーが日本にやってきたときに、婦人解放で解かれました。戦争に負けたくらいで習わしを勝手に変えられるのはおかしいと、反対もありましたが、そのように男女の分け隔てなく受け入れられたのは、やはりお山の寛容さがあったからこそなのではないかと思うのです」

一通りの説明が終わると、お坊さんは、「ロウソクに火をつけて、ここに掲げますと、願いごとが叶います」と目の前にある燭台を指しました。燭台の前の箱に入っているロウソクには、一本一本、「大願成就」「商売繁盛」「合格祈願」「家内安全」「無病息災」と文字があります。

「ひとくち五〇〇円からになっております」

わたしは財布を取り出してお賽銭箱に五〇〇円玉を入れ、「商売繁盛」のロウソクを手に取り、火をつけ燭台に掲げました。

お坊さんはそれを見届けると、「では上人さまを拝みにいきましょう」と、わたしを立たせ、仏壇の脇にある部屋に連れて行きました。

部屋は二〇畳くらいあって、沢山の供物の奥に、金糸の織り込んだ着物を召した即身仏がガラスケースの中で鎮座していました。

「全国には二〇体近くの即身仏があるといわれますが、わたくしどもの上人さまは、その中でも一番色が白いのです。他の即身仏は黒ずんでしまっているのですが、見てください、このように白いのは、この上人さまだけです。これは、上人さまがいかに高貴なお方だったかという証なのでございます。即身仏はミイラといわれることがありますが、ミイラではありません。ミイラは死体を処置して防腐をしたものですが、即身仏は生きながらにしてなるもので、これは大変な精神力を必要とします。まずは木喰行《もくじきぎょう》で、五穀を断ち、どんぐりなどの木の実しか口にせず身体から油分を抜きます。他には、漆を飲んだりもします。そうすると即身仏になってからも身体が腐らないのです。次は土中入定《どちゅうにゅうじょう》です。地面に穴を掘り、その中に入って蓋をします。そこには竹筒の空気穴があり、毎日お経を唱えて鈴を鳴らします。そして鈴の音が聞こえなくなると即身仏になったということなのです」

また鎮座している即身仏は四年に一回の衣替えがあり、そのときに着ていたものをハサミで端切《はぎ》れにして、お守り袋に入れるらしく、それが今わたしの目の前にある三宝の上に山積みになっていました。

「このお守りは、とてもご利益があります。病に冒された人が完治したり、弁護士になれましたとか、極道者になりかけていた息子がまともになりましたとか、さまざまな効力があり、感謝の手紙も方々から来ています」

ご利益を聞いていたら、お守りと天祐子霊草麻王がダブってきました。

「あなたも、なにか願い事があれば、一〇〇〇円で、このお守りが手に入ります」

さきほどロウソクで「商売繁盛」も願ったので、お守りはいりませんでしたが、お坊さんは、ジッとこっちを見つめて目線を外しません。しばらく見つめ合った状態で沈黙が続きました。このままだと永遠に見つめ合っていそうに感じられ、仕方なく即身仏の前に置いてあるお賽銭箱に一〇〇〇円札を入れると、お坊さんは三宝からお守りをひとつ取って、わたしに手渡してくれました。

「では、あとはご自由に見物してください」

お坊さんが立ち上がって部屋を出て行こうとしたので、お坊さんを呼び止めました。

「あの、わたくし実は、お灸を販売しながら各地をまわっている者でして、以前は、父が行商をしておりました。そして天祐子霊草麻王というお灸をこちらの住職さんに購入していただいたことがあるのですが」

「えっ、テンユウ？　なんですか？」

「天祐子霊草麻王です」

「なんですかそれ？」

「お灸です」

「ずいぶん大層な、お名前ですね」

「はい、このお灸も上人さまのお守りのように、ありがたいと喜んでくださる方がおりまして」

お坊さんは目を細めます。

「あのですね、テンユウだかなんだか知りませんが、上人さまと一緒にはしないでくださ
い」
　わたしは謝りましたが、リュックサックから顧客名簿を出して、お坊さんに見せまし
た。
「ここに、ケイキュウさんというご住職が購入してくれたとあります。お名前の読み方が
正しいかわかりませんが、恵まれるに久しいで、ケイキュウさんとお読みしたらよろしい
のでしょうか？」
「はい、ケイキュウですが」
「この方は水虫がひどかったそうで、それでお灸を使っていただいていたようです」
「そうですか。でも恵久和尚は五年前に亡くなりました。とにかくですね、ありがたいお
灸だかなんだか知りませんが、あなたは恵久和尚のなにを知りたいのですか。なにを詮索
しようとしているのですか」
　お坊さんはイライラした様子を隠しません。
「いや、べつに詮索をしているつもりはありませんが」
「じゃあ、もういいじゃないですか」

なにか気に障ることでも言ってしまったのでしょうか。それにしても、このお坊さんは、体型からもわかるように、高血圧で癇癪《かんしゃく》持ちなのでしょう、良いツボがあるのでお灸を据えてあげたくなりました。

「あなたは、身体の具合はいかがですか？　良いツボがあるので、もし、よろしければお灸を据えましょうか」

「だからお灸なんていらないですよ。だいたいなんなんですか、お参りに来たのかと思ったら、上人さまの前で商売をはじめるなんて、失礼ですよ」

ずいぶんな大声を出すので、イラっとしてしまい、お坊さんを睨むと、彼の顔がニタリと笑っているような気がしました。

「あとは、勝手にどうぞ」お坊さんは部屋を出て行きます。

このような場で、うるさくしてしまったので、即身仏に手を合わせると、屋根の方から鈴の音が聞こえてきました。

鈴の音は移動して、窓の外で、「どふっ」と重みのある音に変わり、そこには白と黒のまだら模様の猫がいました。目が合うと素っ気なく尻を向け、背骨は波打つように動き、白と黒の模様が混じり合い、首輪についた鈴の音が遠ざかっていきました。

わたしは立ち上がり、リュックサックを背負いました。拝観料の五〇〇円、ロウソク代五〇〇円、お守り一〇〇〇円、のべ二〇〇〇円の出費になってしまいました。

お腹が空いたので、お寺を後にして、もう一度四つ辻に戻り、坂道の途中にあった商店でなにか食べ物を購入することにしました。

なだらかな坂を下り、小学校の前を通ると、ちょうど給食の時間らしく、クリームシチューのような匂いが漂ってきました。校庭の端っこにある雑草が風でゆれています。校舎の中をうかがってみましたが、子供たちの姿はよく見えません。

わたしは無性にクリームシチューが食べたくなりました。教室に紛れ込んで、子供たちに混じってクリームシチューをわけてもらいたい、しかし、そんなことをしたら、きっと不審者扱いされてしまいます。

公民館前にある花壇では、ホースで水を撒いているおばさんがいて、こちらに気づくと、首をちょこんと下げて会釈をしてきました。わたしは、給食のクリームシチューを食べる方法はないか、彼女に相談しようと思いましたが、これまた不審極まりないので、やめました。

とにかくクリームシチューはあきらめ、公民館前の商店へ向かっていると、店から修験者の格好をした男が出てきました。彼は先ほど、バスの中から見た国道を歩いていた男のようです。

店の中は薄暗く、埃っぽい棚には菓子パンなどの食料品や洗剤、タワシなどの雑貨が少し置いてあるだけで、商売をしている気配がありません。わたしは、なにかクリームシチューに近いものはないか探しました。クリームシチュー味のスナック菓子でもいいと思ったのですが見当たらず、ジャムパンと魚肉ソーセージ、冷蔵庫から紙パックの牛乳を出してレジへ向かいました。牛乳が一番クリームシチューに近いものでした。

「すみません」

声をかけると、ガラス扉が開いて女の人が出てきました。女はけだるそうにコンクリートの土間に降り、サンダルを突っかけて、レジの前までやってきました。少し腫れぼったい目の瞳は潤んでいて、暗い店内で光っているようにも見えます。筋の通った鼻は、小さな顔に不釣り合いに立派でしたが、愛嬌がありました。彼女は灰色の長袖Tシャツに、紺色のパイル地のホットパンツを穿いていて、白い太ももを露出させています。その佇まいが、夏の朝に寝ていた姿のままゴミ出しにきた、マンション住まいの若妻のようで、この村には似つかわしくありません。

レジの前に、ジャムパン、魚肉ソーセージ、牛乳を置きます。彼女がバサバサの髪の毛を手で後ろにまとめ、ゴムで縛ると、熟れた果物の甘ったるい匂いが漂ってきました。それは、この商店に存在する自分が危うくなるような、現実感を削《そ》がれる匂いで、わたしはクラクラしてきました。

彼女は、ゆったりした動作で、品物をひとつひとつ手にとってのぞき込み、レジの脇にある古い卓上計算機を叩き出しました。

「あれ？　三二〇円かな。えっと、ああ三〇〇円で、三〇〇円でいいです」

「いいんですか？」

「レジ壊れてるから」

レジが壊れているからという理由がよくわからないのですが、暗算してみると、ジャムパン一二〇円、牛乳一二〇円、魚肉ソーセージ一〇〇円で、合計三四〇円でした。

店の外にある古いベンチに座って食べることにしました。しかしこのベンチ、パイプの部分が錆びて腐っているのか、座り心地がふにゃふにゃします。

空はさっきよりも晴れてきて、陽射しが強くなってきました。わたしの座っているふにゃふにゃのベンチは日陰がなくて、牛乳を飲んでいるだけで、ジリジリと汗が出てきます。

　道を挟んだ目の前には、公民館の屋根があり、その向こうに大きな山が見えました。山の頂上は、灰色の岩場で、真ん中がくぼみ、左右が尖った角みたいになっています。まわりに見えるなだらかな山とはあきらかに形も雰囲気も違うものでした。

「あれはね、ウオビサンですよ」

　声がしました。ふりかえると店の女が自動販売機に寄りかかっていました。

「魚の尾っぽの山で、魚尾山です。店の二階からだと、もっとよく見えますよ」

「のぼったことあります？」

「子供のころです。頂上には小さな鳥居があるんだけど、絶壁にある一〇メートルくらいのハシゴをのぼらなくちゃいけないの。のぼりにいくんですか？」

「いや、のぼりません」

「そんな荷物を持ってるのに」

「山のぼりではありません」

「でもね、あの山は、ここからだと近そうに見えるけど、この村にはのぼり口がないですよ。湯女根山まで行って、そこからじゃないと、のぼれないです」

魚尾山は、こちらに向かって傾いているような形なので、近くに見えるのかもしれません。違う角度から山を見ようとして体勢を変えると、ベンチのパイプがグニャリと曲がって斜めになってしまいました。

「あららら」女が言います。

「すいません」

「そのベンチもう壊れそうだったんです。お店の中で食べてもいいですよ。座れる椅子あるから」

女は店の中に招き入れてくれました。その後ろ姿、左右に揺れる尻が目に飛び込んできます。ホットパンツからのぞいた太もも、右のふくらはぎには、赤子の手のひらくらいの大きさの蜘蛛《くも》の刺青《いれずみ》がありました。蜘蛛は黒くて尻のあたりが赤くなっています。

彼女が店の奥から丸椅子を持ってきてくれたので、リュックサックをコンクリートの床に降ろして、丸椅子に座って、ジャムパンを食べました。

暗い店内は外よりも涼しくて、風も吹き込んできます。パンの中から赤いジャムがドロリと飛び出して膝に落ちました。つまんで口に入れると、甘ったるいだけの風味もないジャムが口中で溶けていきました。

彼女はレジ横に置いてある椅子に座り、片手で、台に頬杖をついて、天井を眺めています。彼女の目線の先、天井の隅には、大きな蜘蛛の巣がありました。そこには蛾がひっかかっていて、逃れようと動いていますが、蜘蛛は見当たらず、巣はゆれているばかりでした。

「昨日まで蜘蛛いたんですけどね。どっかに行っちゃったみたい。大きな蜘蛛だったんですよ」

「餌、あるのにね」

「もったいないですよね。引っ越ししたのかな」

彼女は煙草を一本取り出し、口に咥え、わたしの足下に置いてある大きなリュックサックを指しました。

「山のぼりじゃないとしたら、旅行ですか?」

「行商です」

「ギョウショウ?」

「お灸を売り歩いてます」

「お灸って煙モクモクのやつ?」

「そうです。やったことあります？」

「ないです。わたし、熱いの苦手だし」

「そんなに熱くはないですよ」

「でも火をつけるんですよね」

「はい」

「火もちょっと苦手です」

ふたたび蜘蛛の巣を眺めた彼女の手足は、身体とのバランスを考えるとずいぶん長いような感じがします。ちらちら彼女のことを見ていると、入口の方に向かって「今はお客さん来てるから、駄目よ！」と大きな声を出しました。

振り返って店先を見ても誰もいません。

「なんですか？」

「のぞきみたいなもんです」

「のぞき？」

「はい」

要領を得ませんけれど、彼女はそれ以上話したくなさそうなので、わたしも訊きませんでした。

彼女が足を組み替えました。そして、太ももが波打ち、こちらに空気がトロトロと流れてきたかと思うと、その足が不意に伸びてきました。サンダルがコンクリの床に擦れて音を立て、ズリズリとわたしに向かってきます。左右の足は不規則に伸びてきて、とつぜん、弓のように跳ね上がり、わたしの首を挟み込みました。彼女の高笑いが聞こえ、わたしの頭は足に巻き込まれ、太ももに顔が埋もれていきます。最初は柔らかくて気持が良かったのですが、だんだん固くなり、虫のような冷たい足になり、息が苦しくなってきて、意識が遠のき、店の中に差し込む光りがぼんやりしてきました。

必死に目をこすって、顔を上げると、彼女は紫色の丸い果物を食べていました。テニスボールくらいの大きさで、中には赤い果肉がつまっていて、指でほじくりかえして食べています。ジロジロ見ていると、彼女は、「山ザブトンです」と言って、ネズミの糞みたいな黒い種を「ペッ」と床に吐き出しました。

「山ザブトン?」

「裏の雑木林でもぎ取ってきたの」

彼女の口元は赤い果肉の汁がしたたっていて指からも汁がたれています。わたしは、なんだか自分の頭が喰われているような気がして、めまいを覚えました。

お礼を言って店を出ても、彼女の足が後方から伸びてくる気がしました。本当のところ、わたしは、彼女に捕らえられ山ザブトンのように食べられてしまいたいのかもしれません。

村には、もう一つ、顧客名簿に載っている家がありました。千倉幸三さんという方で、地図を見ると、お寺の前を通り過ぎ、さらに奥に行ったところにある集落でした。

お寺を過ぎてから二〇分ほど歩くと、千倉さんの住んでいる集落に着きましたが、とつぜんひらけたその空間は、地面がうねるようにでこぼこになっていて、数軒ある家は斜めになっていたり、壁が蛇腹のように波打って潰れていたり、真っ平らに倒れていたりしていて、まるで鬼が破壊していった跡みたいでした。

また地面には、直径三メートルくらいの緑色の大きなマンホールがあって、近づいてみると、足下から水が流れる音が響いてきます。それは鬼の世界へ通じているのではないかと恐怖を覚えるほどの轟音でした。

「おーい、なんか用かよ？」

後方から声が聞こえてきたので、ふりかえると集落の先に小高い場所があり、爺さんが立っていました。

「ここハシゴかけてあるから」

小高い場所の手前は土がえぐれて道が寸断されています。わたしはハシゴの下まで行き、「千倉幸三さんという方を探しているんですが」と言うと、爺さんは「それは、わしだ」と手招きをします。

ハシゴをのぼると、木造の茶色い家がありました。しかし家は、わたしが傾いているのではないかと思えるくらい斜めになっていて、側面の壁には丸太が数本突っかけてあり、倒れないように支えてありました。

千倉さんは、白い髭を生やし、頭頂部が禿げた爺さんでした。背丈が小さいわりに、筋肉質のしっかりした体軀で、半袖のシャツから肌ツヤの良い陽焼けした腕が見えます。

わたしが天祐子霊草麻王の顧客名簿を辿って、ここまで来たことを話すと、父のことを覚えていて、「とにかくお茶でも飲んでいきな」とお誘いを受けました。

家の玄関は開けっ放しで、「もう閉まらなくなった」と千倉さんは言います。家の中の壁も、玄関から向かって左側に傾いていて、斜めの壁を見ながら廊下を歩いていると、足取りが覚束なくなってきました。

居間の畳も、ところどころ波打っていて、壁が斜めになっています。千倉さんは麦茶を持ってきてくれました。ぬるかったのですが、ありがたく頂戴しました。

この集落は一年前に地滑りの被害にあい、住んでいた人はみんな移住してしまったそうです。

「わしも早く移住しろって言われてんだけどな。まあ生き残りみてえなもんだから、こうなったら最後まで踏ん張ってやろうと思って、意地だよな、まあ、なんの役にも立たない意地なんだけども。でも淋しいぞ、人間がまったくいねえんだもん、蒲団に入って闇ん中で目を覚ますとよ、死んでるんじゃねえかって思うことがあるよ」

ここら辺は地下水が豊富で、山の雪解け水が大量に流れてくると、そのために地面がズレて地滑りをひき起こすらしいのです。対策としては、水の流れているところまで地面に穴を掘り、流れの向きを変えるそうで、先ほど見た緑のマンホールの下には地下水が流れているのだとわかりました。

対策工事のおかげで、いまのところ地滑りは治まっているそうですが、いつまた起こるかわからないと千倉さんは話し、「まあ、集落全体を考えたら、うちが一番被害も少なかったから」と笑います。

部屋の壁に掛かっている時計は、斜めの壁に抵抗するように垂直であろうとしていますが、空間が斜めだと、時計の針を見ても時空が歪んでいるように感じます。

わたしは千倉さんにお灸を据えることにしました。座布団を枕に、うつぶせになってもらい、まずは背中のツボにお灸を据え、線香で火を移していきます。もぐさの燃える香りが漂って、煙が天井にのぼっていきます。

世間話をしながら、いろいろなツボにお灸を据えていると、千倉さんの娘さんが酒井田の居酒屋で働いていることを知りました。この時期だと、港町の酒井田は、岩牡蠣《いわがき》が出まわりはじめ、とても美味《おい》しいから絶対食べろと千倉さんは勧めます。今回の行商は酒井田の町を拠点にしているので、戻ったら娘さんの居酒屋に行ってみることにしました。

肩、足の裏、膝、お腹、顔、腕、手、一時間くらい丹念に、いろいろなツボにお灸を据えていきました。千倉さんには、「あんたもよくツボをわかっているな」と褒められましたが、わたしは子供のころから、お灸に囲まれて育ち、風邪をひいたらあのツボだ、歯が痛くなったらこのツボだ、腹が痛くなったらこのツボだと、父や母に、お灸を据えられ続けてきたので、据えるツボは心得たものなのです。

千倉さんは、五〇〇グラム、二五〇〇円を一袋買ってくれました。

お灸を据える道具を片付けていると、千倉さんはシャツを着ながら、イノシシの肉があるから食べていったらどうかと言います。

行商をしていると、このようなお誘いがよくありますが、なるべく断らないようにしています。叔父からも、とくに一人暮らしの老人は寂しいから、ちゃんと話し相手になってあげるよう助言されていました。

イノシシの肉は、知り合いの猟友会の人が持ってきてくれたものらしく、千倉さんは庭にあった七輪の炭をおこしはじめました。

「もうプロパンは持ってきてくれねえし、電気は止まっているからよ。でも、イノシシは炭で焼いた方が美味いんだな」

しかし肉はなかなか焼き上がりません。炭の火が弱いように思えるのですが、せっかく焼いてもらっているので、余計な口出しはできません。

「焼けるまで、ミツゾウでも飲むか」

「ミツゾー?」

「ミツゾウだよ、どぶろく」

開きっぱなしの押入れの中にある蒲団の間から、千倉さんは一升瓶を取り出しました。

透明の瓶には白い液体が入っていて、蓋を開けると、スポンと音がして、湯呑茶碗に注いでくれました。

どぶろくは発泡していて、舌の上ではじけます。ヨーグルトのような味で、濃厚に、ドロリと喉の奥に落ちていき、胃の中が熱くなってきました。これは飲み過ぎると、ちょっとマズいことになりそうです。

ようやく肉が焼き上がりました。塩と胡椒で味つけしたイノシシの肉は、スジがあって硬く、臭みが強くて、あまり美味しくありませんでした。これは処理を失敗したか、不味《まず》い部位の肉なのでしょう。しかし、まったく食べないのも悪いので、どぶろくで流し込んでみました。すると肉の臭みが、どぶろくのヨーグルトみたいな濃厚な味と混ざり合い、なんともいえない風味を醸し出したのです。美味《うま》いとは言い切れませんが、不味くはありません。面白い味がすると言ったらいいのでしょうか。それから肉を何枚も、どぶろくで流し込みました。

わたしは酔っぱらってきました。それに斜めの家にいることも酔いを増しているようです。

千倉さんと話していても、なにを喋っているのかわからなくなってきて、眠くもなってきました。さらに、かすんでいた右目の視界がひらけてきて、千倉さんの口から牙が生え、鼻が上を向き、目が黄色くなり、イノシシみたいになってきてしまいました。

わたしが目をぱちくりやっていると、千倉さんが顔をのぞき込んできて、「どうした、だいじょうぶか」と言葉を発するのですが、獣の唾が飛び散り、鼻が鳴って、黄色く光った目が、わたしの股間を凝視して、ニタニタ笑っています。気味が悪いので、叩いてやろうかと思いましたが、目の前にいるのは、イノシシではなくて千倉さんなのです。わたしは右目を閉じたり開けたり、自分の頭をこんこん叩いたりして、必死に、前方のイノシシを追い払おうとしていました。

「なにやってんだよ?」

「イノシシに催眠術かけられたみたいで」

「はっ?」

「酔っぱらって、眠いような」

「具合悪そうだな。ちょっと横になるか?」

「すみません。イノシシがあれなんですが」

わたしは寝惚けたことを口走りながら、座布団を折って枕にしました。天井を眺めていると、右目はまたかすんできて、イノシシの残像も消えていきました。

他人の家であるのに一時間ほど熟睡してしまい、目を覚ますと、千倉さんは部屋にいませんでした。おいとましなくてはと思って立ち上がると、斜めの壁を前にして、ふたたびクラッとしました。

窓の外では太陽が沈みはじめ、赤い雲が流れています。夕陽をさえぎるものはなく、集落全体が赤く染まっていました。庭に千倉さんの姿があったので、そろそろ行くことを伝えました。

「泊まっていってもいいんだぞ、蛇捕まえたからよ、食ってくか?」

千倉さんの持っている布製の袋が、うねるように動いています。

「皮はいでよ、塩と胡椒かけて七輪で焼くと美味いぞ、塩は多めで、食ってくか?」

「そろそろバス停に行かないといけないので」

千倉さんは蛇を食べさせたかったのか残念そうな顔をしています。

ハシゴを下りると、千倉さんが上からのぞき込んで、「また来いな」と言います。「はい、また来ます。お世話になりました」と言っておきながら、もう二度とここに来ることはないと思いました。千倉さんの手にぶらさがった布袋がもぞもぞ動いていました。

腕時計を見るとバスの最終便までは、あと三〇分ほどでした。公民館のところまでやって来ると、わたしは小便をしたくてたまらなくなってきました。千倉さんの家を出たあたりから、尿意はあったのですが、我慢をしていたのです。

公民館の中から太鼓と笛の音が聞こえてきました。祭り囃子の練習をしているようです。便所を借りようと思ったのですが、もう我慢できそうもなく、人もいなかったので、電柱に向かって立ち小便をすることにしました。放尿がはじまると、身体の力が抜けていきます。電柱から立ちのぼる湯気は、どぶろくのニオイがしました。

公民館の屋根の向こうに、鬼の角みたいな頂上の魚尾山が黒い影になって浮かんで見え、さきほど立ち寄った商店は、シャッターが閉まっていました。

なんだか気配を感じ、花壇の方を見ると、うねるように動く人影がありました。

ジッパーを上げ、影に近寄ると、それはトメさんでした。トメさんは中から聞こえる祭り囃子にあわせて踊っているのです。

「トメさん、トメさん」

声をかけましたが、トメさんは踊りつづけています。

「トメさん」

大きな声で言うと、踊るのをやめて、子供のような眼でこっちを見ました。

「敏郎さん中にいるんですか？」

トメさんは首を横にふります。

「いいんですか、こんなところで踊っていて？」

キョトンとした顔をして、首をかしげます。

「家に戻りましょう」

トメさんの手を取りましたが、歩こうとしてくれません。わたしは背負ったリュックサックを手前にして、しゃがんで自分の背中を叩き、「乗ってください」と言うと、素直に応じてくれました。わたしは立ち上がり、荷物の多いタヌキのような状態で歩きはじめました。

敏郎さんは居間で寝転がり、テレビを見ていました。

「こんばんは」

わたしがトメさんを背負っているのに気づいた敏郎さんは、「あれれ、婆さんどうしたんだよ」と驚いています。トメさんは部屋で寝ているものだと思っていたようです。

「公民館の前で、踊ってました」

「そうか、じゃあ魚尾山見に行ったんだ。来月は魚尾山のお祭りだからな。いやいやそれにしても天祐さんのおかげで元気になりすぎちまったな。さっき婆さんが、天祐さんの袋を持って、おれのところにやってきたから、据えて欲しいのかなぁと思ってよ。頭に据えてやったんだ。でも、あれだぞ、今回は、アルミホイルを頭に敷いて、真ん中に穴開けて、火の粉が飛び散らねえようにしてな」

敏郎さんは話しつづけますが、わたしは悠長に話を聴いている場合ではないのです。腕時計を見るとバスがやって来る三分前でした。

「すいません、自分、バスの時間がありますんで」

「あれれ、そうかい」

わたしは必死に走ってバス停に向かいました。四つ辻まで来ると、坂の下に見えるバス停から、すでにバスは発車していて、向うで赤いテールランプが揺れていました。

どうしたらいいものか、何も考えが浮かばず、とぼとぼ歩いていると、バス停の前にある民家の庭で、ラクダシャツにももひきのおっさんが煙草を吸いながらこっちを見ています。その視線は嫌らしく、人を見定めているかのようでした。

「あんた行商の人だろ」

このおっさんに会うのは初めてですが、わたしのことを知っているようです。

「昼間お寺に行ったろ」

部外者を観察しているのでしょうか、村の噂は早いのです。

「父が以前、お寺に行商に行っていたんです。それで伺ったのですが、恵久和尚さんは亡くなってまして」

「まあ、あのお寺も跡継ぎだとかいろいろあってな、大変なんだよ」

おっさんはまだ話したそうですが、こんなところで待っていても、バスは明日の朝まで来ないので、このあたりに宿はないかと訊ねると、坂を一キロくらい下って橋を渡ると、国道沿いにあると教えてくれました。

集落の暗い道を歩いていくと、昼間、バスに乗っているときには気づかなかったけれど、滝が橋の欄干から見えました。

橋を渡って広い道に出ると、バス停の前に粉滝旅館という看板がありました。

入口のガラス戸を開けると、薄汚れた芝生みたいな緑のカーペットが敷かれていました。ロビーは薄暗く、青白い蛍光灯が光っているだけで、靴もない玄関の殺風景な感じからすると、他に泊まり客はいない様子です。誰もいないので、帳場にある銀色の置きベルを鳴らすと、頭にバスタオルを巻いた中年の女性が出てきました。

部屋は空いているかと訊ねると、もう夕食は用意できないけれど、それでよければと言われました。風呂は露天風呂もある温泉で、値段は朝食つきで五〇〇〇円、普段は、素泊まり三〇〇〇円以下の商人宿に泊まるので、結構な出費でした。本日の売り上げは宿代に消えてしまいます。

彼女は頭のバスタオルを指して、「従業員はみんな帰っちゃって、今夜はもうお客さん来ないと思っていたから、わたし、お風呂に入ったばかりで、こんな格好ですみません」と言いました。彼女は女主人のようです。

部屋に案内されている途中、廊下にあるソファーで、紺色の半纏《はんてん》を着た人が寝転がっていました。最初、子供かと思いましたが、それは、大人でした。

「ちょっと、まもるさん、こんなところで寝ないでください。お客さんですよ」

男はソファーから立ち上がりました。立ち上がると、彼の顔は、わたしの腰ぐらいまでしかなく、「すんませんね」と軽く会釈して、歩いていきました。

部屋は古びた八畳間で、真ん中にテーブルがあり、お盆の上に、赤いポットと湯呑み、茶筒と急須、大きなガラスの灰皿が載っています。窓の外には、先ほどの滝が見えました。

「蒲団敷いておきますから、お風呂にでも入ってきてください。温泉ですから」

彼女は押入れのカゴから浴衣を出して渡してくれました。

「お風呂場は、部屋を出て右に真っすぐ行ってください。とにかく真っすぐ行けば着きますから」

わたしは浴衣とタオルを手にして風呂場へ向かいました。「とにかく真っすぐ」というだけあって、風呂場まで行く廊下は薄暗くてやたら長く、もし「とにかく真っすぐ」を聞いていなければ、途中で不安になって引き返してしまっていたかもしれません。

ようやく廊下のどん詰まりにやってきて、階段を一〇段くらい下りると、暖簾《のれん》がありました。

風呂場は、それほど広くありませんでしたが、外に出ると石で組まれた露天風呂があって、部屋よりも滝を間近で見ることができました。露天風呂の端っこには、三〇センチくらいのつるつるの石があって、真ん中にある一本の亀裂から、湯がちょろちょろ湧き出していました。石の横には、木の板が立っていて、ここから見える滝についての能書が書いてあります。

『粉滝は、三つの霊山、牛月山、湯女根山、魚尾山から、流れついた水流が、ここで合流して一気に吹き出しています。滝のしぶきを浴びると、無病息災で過ごせるといわれ、一年に一回、滝の下でしぶきを浴びる精滝祭というお祭りがあります。しかし欲張って、一年に二回以上、しぶきを浴びようとすると、逆の効果が現れ、早死にしてしまうので、滝の下に行くのは、一年に一回と限られています。』

つるつるの石の亀裂から、ちょろちょろ湯が湧き出ているのを眺めていると、これは、女陰の形を模しているのだと気づきました。そしてなんとなく、いやなんとなくでもないのですが、わたしの指は石の亀裂の割れ目にのびていき、指で、その部分をいじくると、小石が詰まっていたので取りのぞきました。すると、それまでちょろちょろとしか出ていなかった湯が、とつぜんしぶきをあげて吹き出し、わたしの顔面に熱い湯がかかってきました。

それにしても、どうして小石が詰まっていたのか、男であれば、十中八九、割れ目に指を這わすでしょう。これを見越して誰かが意図的に石を詰めたとしか思えませんでした。

風呂を出て、ふたたび長い廊下を歩き、帳場の前を通り過ぎようとすると、女主人が顔を出し、「あの、朝ご飯は何時にいたしましょう」と訊いてきたので、バスの時間を訊ねると、「そこに時刻表があります」と帳場の横の壁を指しました。見ると、七時三〇分のバスがあったので、それに乗ると伝えました。

「でしたら、朝食は七時でいいですかね。一階の食堂で用意しますから、時間になったらいらしてください」

部屋に戻って、お茶を淹れ、敏郎さんの奥さんからもらった干し柿を食べました。肉厚で、甘くて、美味しくいただきました。

寝る前に、腕と足の裏にお灸を据えました。身体がゆっくりと弛緩していきます。燃えたお灸のカスを灰皿に捨て、敷いてある蒲団に入りました。燃えたもぐさの匂いと畳の匂いが混じり合い、実家の居間を思い出しました。外からは、滝の落ちる音とともに、雨の音も聞こえてきました。わたしが実家に戻るのは、まだ半年くらい先になりそうです。

翌朝、目を覚まして枕元に置いてある腕時計を見ると六時半でした。朝食まではまだ時間があるので、朝風呂に入ることにしました。風呂場では、昨日ソファーで寝ていたまもるさんが虫網を手にして、じゃぶじゃぶと湯に浮かぶ虫や草を掬っていました。

「おはようございます」

愛嬌のある声でまもるさんが挨拶してくれました。

「虫、大変ですね」

「飛び込んできちゃうんですよね」

まもるさんが虫を掬い終わったので、わたしは露天風呂に入りました。まもるさんは、虫網を握りながら話しかけてきます。

「昨晩は雨が降ったでしょ。ほら滝を見てくださいよ、昨日より勢いよく吹き出してるでしょう。粉滝は雨の翌日は勢いを増しますよ。地面を湿らすと、あのように勢いよく吹き出すのです。湿ると吹くんですな。でも湿らせすぎたらいけません。湿ったらきちんと穴にナニを入れてふさいでやらんと。いっひっひ」

甲高い声で笑うまもるさんは、なにかヤラしいことに関連づけて喋っているようです。

「今日も、午後から雨が降るらしいですよ」

まもるさんは露天風呂から出て行きました。

つるつるの石を見ると、湯は亀裂からちょろちょろとしか出ていません。指を這わすと案の定、小石が挟まっていました。そして小石をどかすと昨日と同じように湯が吹き出し、顔面にかかってきて、また熱い思いをしました。

風呂を出て食堂に向かったのですが、食堂の時計を見ると、まだ六時四五分でした。三〇分くらい風呂に浸かったつもりでいましたが、勘違いしていたようです。

部屋に戻るのも面倒なので、帳場にあった新聞を手にして、昨日まもるさんが寝ていた廊下のソファーで読んで時間をつぶしました。頃合いを見計らって食堂に行くと、六時五五分でした。少し早かったのですが、部屋番号が示してあるテーブルにいくと、すでに朝食が用意されていました。

鰺《あじ》の干物、山菜のおひたし、のり、かまぼこ、おしんこ、席につくと、ご飯と味噌汁を、手ぬぐいを頭に巻いた割烹着姿のお婆さんが持ってきてくれました。味噌汁の具は、なめこでした。納豆は白い陶器の茶碗に入っていて、刻んだネギと青のりがまぶされ、大量のカラシが添えてありました。箸で納豆を勢いよくかき混ぜていると、ニオイとともにカラシの成分が鼻腔をつき、くしゃみが出ました。顔をあげると、食堂の窓ガラスの向こうでバスが走っていくのが見えました。バスのエンジン音が響き、道に排気ガスの煙が漂っていました。

わたしは、納豆をかき混ぜる手を止めました。帳場の脇の壁に貼ってあったバスの時刻表には、七時三〇分に出発とあったけれど、食堂の柱に掛けてある時計は、ちょうど七時になったところで、「ボーン、ボーン」と鐘が鳴りはじめています。

柱時計の下には、割烹着を着たお婆さんが座っています。

「ボーン、ボーン、ボーン」時計の鐘が七回鳴り、響いた音は、真下のお婆さんに吸い込まれていくように消えていきました。

「あのバス、七時半のバスですかね」

お婆さんに訊きました。

「バス?」

「いま走っていったバスです。あれ七時半のバスですかね?」

「ああ、朝のバスだ」

「でも、まだ七時ですよね」

柱時計を指すと、お婆さんは頭上を見上げました。

「この時計、三〇分遅れてるよ」

さも当たり前のように言います。腕時計を部屋に置いてきた自分も悪いのですが、朝食を食べ終わって、次のバスを調べるために帳場へ行くと、女主人がいたので、食堂の時計が狂っていて、バスに乗り遅れたと、不満をもらすと、「あの時計、よく遅れるんですよ。

でも、ここの時計は合ってますから」と帳場の上に掲げてある時計を指すので、見ると七時四五分でした。

時刻表を確認すると、バスが粉滝の停留所へ、次にやって来るのは一二時一五分です。これから四時間半も待たなくてはなりません。女主人が、どこまで行きたいのか訊ねてきたので、片栗村だと答えると、それなら山道を行ったらどうですかと言います。片栗村まで行くのならば、バスに乗っても山の麓をぐるっとまわるので一時間かかるけれど、志目掛村のお堂の裏からはじまる山道を歩いたら二時間で行けるらしいのです。四時間半待って、バスに乗ってから一時間、合計五時間半。今から山道を歩けば二時間ちょっと、どう考えても歩いた方が妥当なのでした。

部屋に戻って支度をします。昨日のワイシャツは汗臭いのでビニール袋に入れて、新しいシャツに着替えてスラックスを穿き、腕時計をはめて、リュックサックを背負って部屋を出ます。

帳場で精算をしていると、「歩いていくなら」と女主人が言って、「これなんですけど、時計が遅れていたお詫びといっちゃなんですが、おにぎりを作りましたんで、途中で食べてください」と茶色い紙袋を差し出してくれました。このような気遣いをされると、時計が遅れていたことなど帳消しになってしまいます。

玄関の上がりかまちに座って靴のヒモをしっかり結び、山道を行くので、ズボンの裾を靴下の中にいれます。

玄関の外では、まもるさんが竹ぼうきで掃き掃除をしていて、ニヤニヤしながら「時計遅れていたんですって」と言いました。なんだか時計を遅らせたのも、まもるさんの仕業のような気がしてきました。風呂場の小石も然りです。イタズラ好きの人なのでしょう。

「山道、結構きついですからね、気をつけてくださいよ。イノシシとか、熊が出ますから」

「えっ、熊、出るんですか?」

一気に不安になりました。わたしは父のこともあるので、熊には敏感です。

「鈴持ってるか?」

「鈴?」

「熊よけの鈴」

「持ってないです」

「持ってった方がいいよ。帳場の横のお土産屋で売ってるよ」

わたしは、そそくさと宿の中へ戻りました。

「あら、どうしたんですか？」

帳場にいた女主人が目を丸くします。

「熊が出るって聞きまして」

「はい出ますよ。でも、そんな心配することないですよ、あそこで熊を目撃する人は年に二人くらいですし、臆病だから人見たら逃げていきますよ」

自分が遭遇したわけでもないのに、彼女は無責任に言うのです。

「とにかく熊よけの鈴をください」

靴を脱ごうとすると、「わたしが持ってきますから」と彼女は熊よけの鈴を持ってきてくれました。

それは湯呑茶碗くらいの大きさの銅褐色の鈴で、表面に「粉滝」と記してありました。鈴を振ると、「カラン、コロン」と大きな音がします。値段は一五〇〇円で、思っていたよりも高かったのですが、購入することにしました。

熊よけの鈴をつけて、リュックサックを背負いなおすと、「カランコロン」と背中で響きます。ふたたび宿を出発、玄関を出ると、まもるさんが鈴の音を聞いて、「それで安心」

と笑います。

「本当に、こんなのでだいじょうぶですかね」

「そもそも熊なんてね、天狗と同じくらい目撃できませんから」

「天狗も出るんですか?」

「それはまあ、人それぞれだけど。あとね、山道がはじまるところにあるお堂には、あんまり近づかない方がいいです。いっひっひひ」

「天狗でも住んでるんですか?」

「いや別にたいしたことはないんですけどね、ひっひっひ」

まもるさんは会話を打ち切るように、竹箒で「サッサッサ」と大きな音を立てて地面を掃きだしました。

歩きはじめたわたしの背中では、熊よけの鈴が「カランコロン、カランコロン」鳴っています。国道に出て粉滝の見える橋を渡り、長い坂道をのぼって昨日のバス停まで戻ってきました。

時刻表を見ると、ここのバス停には一二時一〇分にバスが来るそうです。もしかしたら違うバスが来るかもしれないと思ったのですが、そんなことはありません。ここに来たバスがさきほどの粉滝停留所に行くのです。ずいぶんとあきらめが悪い自分が情けなくなりました。

結局、人生とは時間にふりまわされているだけなのです。時刻になればバスは出発してしまいます。だけどわたしには、腹から飛び出した内臓みたいな過去をズルズルひきずって、時間は止まったままなのです。時はなにも解決してくれません。

しかし、この村の信仰する三つの霊山をお参りすることは、生まれ変わりを意味すると聞きました。ですからここでは、時は時間を刻むものではなく、過去を断ち切り、地滑りの原因である地下水のように、流れて次へ次へと向かっていくのです。わたしも三山をお参りすれば、新しい自分になれるのでしょうか。

バス停から四つ辻に出て、田んぼの間を進んでいくと、丘の下にやってきました。そこから左右に木々の生い茂る道を進み、古びた丸太の階段をのぼっていくと、竹林があり、さらに切り開かれた細い道を抜けると、丸いひらけた空間に出て、そこには、お堂がありました。

ここは高台にあって、お堂の前方は急な斜面で、後方には山がそびえています。

お堂のまわりは四角く石で囲まれていて、三メートル四方くらいの木造の建物が、石段をあがったところにあります。手入れは長いことされていない様子で、屋根や壁は朽ちて、漆喰《しっくい》の壁にはところどころ穴が空いています。

お堂を眺めていたら、中からなにやら物音が聞こえてきました。それは「グル、グルルルル」と鼻の鳴るような音でした。お堂には近づくなとまもるさんに言われましたが、気になります。歩くと、熊よけの鈴が「カランコロン」鳴るので、手で握って音を立てぬよう、お堂に近づき、漆喰の壁に空いた穴から中をのぞきました。

すると薄暗いお堂の中になにやら白いものが浮かんで見えました。目を凝らしてみると、それは人間の女の尻で、ふくらはぎには蜘蛛の刺青が見えます。鼻の鳴る音は女の鼾《いびき》でした。女は裸で一人、床に寝転がっています。

この、わけのわからない状況に動揺したわたしは、足早にその場を去り、そそくさとお堂の裏手にある山道に入っていきました。

いったいあれはなんだったのでしょう。お堂の中には女が一人でしたが、情事の後だったのかもしれません。お堂は、かつて逢引きに使われていたことがあると、喫茶店に置いてあった大衆週刊誌の性の特集で読んだことがあります。すると、この村ではいまだにそのような風習が残っているのでしょうか。

熊よけの鈴を響かせながら山道を歩いていきましたが、お堂の中で見た白い尻の残像が脳味噌にこびりついてはなれません。すると面倒なことに、曇っていた右目がくっきりしてきて、前方にある岩が、やわらかくうねりだし、さっき見た、女の尻に見えてきました。あれは岩だ、どうせ岩だ、と思いつつも、近づいて、おもむろに撫ではじめ、あげく頬までなすりつけていました。

武田と遊んでいたころキャバクラで食べていたフルーツに変な薬を盛られていて、その後、女の娘《こ》とホテルに行き、三時間尻を撫で続けて、彼女の尻がまっ赤に腫れてしまったことを思いだしました。

しかしこれは女の娘の柔らかい尻ではありません。頬にあたる感触は、痛いだけの、ただのごつごつした岩でした。深呼吸をすると、ふたたび右目が曇りだし、尻は岩にもどりました。

立ち上がると、風がリュックサックと背中の間を吹き抜け、足下には、ひからびたトカゲの死骸が転がっていました。小石を蹴り飛ばすと、木の根に当たって跳ね返り、向こう脛に当たって、思わず声をあげてしまいました。

ふたたび歩きはじめます。鳥のさえずりが聞こえてきました。風が草木のあいだを流れて葉をゆらし、ひっついていた朝露がポッンと落ちて、湿気《しけ》った落葉を踏み込むたびに土のニオイが立ちのぼります。しばらくすると道が悪くなってきて、靴底が滑りました。昨日降った雨で、ぬかるんだところがたくさんあり、靴はすでに泥だらけです。

ワイシャツのボタンを胸まで外し、そでをまくりました。身体は火照って汗まみれになっています。

それにしても、なかなか目的の村にたどり着くことができません。周辺の樹木は高くなってきて、光が遮られ、夕方のようです。野鳥が赤い木の実をついばんで飛び立ち、枝がゆれました。はたしてこの山道でいいのか心配になってきます。

水の流れる音が聞こえてから、一〇分くらい歩くと、ようやく沢に出たので休むことにしました。背中からリュックサックを降ろし、沢の水をすくって飲んで、靴を脱ぎ、靴下を脱いで水の中に素足を浸しました。雪解け水らしく、もの凄く冷たくて、三〇秒も耐えられません。手ぬぐいを取り出し、水に浸して、首と汗ばんだ身体を拭き、石に座って宿でもらったおにぎりを食べました。中身は梅干しでした。

沢の向こうは急な斜面になっていて、土からピョンと飛び出した緑の葉が群生しています。その葉っぱに見覚えがありました。土から引っこ抜くと、白くて長細い根が出てくる、あれは行者にんにくです。

父は行商に出ると、お土産に行者にんにくを、よく持って帰ってきました。それは懇意にしている商人宿の主人から貰ってきたもので、母が天麩羅《てんぷら》にして食べさせてくれ、残ったものは醤油漬けにして、ふたたび行商に出るとき、荷物に入れて、「これを食べると普段の倍は歩けるようになるんだ」と父は話していました。行者にんにくを食べると血行が良くなるといわれ、その名前の通り、ニンニクの臭いがして、クセのある味ですが、滋味であります。

わたしは、裸足のまま沢の中に入り、五メートルほど先の斜面に向かいました。水は冷たくて、足の裏にあたる石はゴツゴツしていましたが、なんとか渡りきり、斜面によじのぼって、行者にんにくを八つばかり引っこ抜いて戻りました。

沢で洗って土を落とすと白い根があらわれ、ひとつ食べることにしました。つまんで口に入れようとした、そのときです。

「ちょっと待て」

とつぜん頭上から声がしたので、驚いて手にした行者にんにくを地面に落としてしまいました。振り返ると白装束の男が立っています。この男には、見覚えがありました。昨日、国道を歩いていて、その後、商店から出てきた修験道の男でした。

男は地面に落ちた行者にんにくを拾い上げました。腰にぶら下がった法螺貝《ほら》が揺れています。無精髭を生やした面長の顔は、上にも下にも尖っているようで、右の頬から目にかけて火傷の跡がありました。

男は手にした行者にんにくをしげしげと眺め、ニオイを嗅ぎ、「犬サフランだ」と言って沢に投げ捨てました。

水面に浮かんだ行者にんにくがあれよあれよという間に流れていきます。さらに、わたしの横に置いてあった七つの行者にんにくもまとめて取り上げ、沢に投げてしまったのです。

「全部、犬サフランだ」

「犬サフラン？」

「ああ」

「行者にんにくじゃないんですか」

「犬サフランだ。あんたみたいに、行者にんにくと間違える奴がいる。食ったら死ぬ」

「死ぬんですか」

「死ぬ」

「そうですか」

「感覚が無くなってきて、最後は呼吸困難だ」

もし口にしていたら、わたしは、ここで野垂れ死にしていたのかもしれません。親子揃って山の中で死んでいる姿を発見されたら、よほど山に祟られているとしか思えません。

「そもそもあんたは、こんなところでなにをやっているんだ」

「片栗村まで歩いてます」

「だったら、道を間違えてるぞ、この山道は、湯女根山に出て、魚尾山に続く山道だぞ」

どうりで二時間歩いても村に着かないわけです。片栗村に向かうのは、お堂の裏にある、もうひとつの山道だそうで、それはお堂の裏手の竹やぶのところからはじまるのだと男は教えてくれました。

お堂の中で女の尻を見て興奮し、確認もせずに山道を歩きだしたので間違えたのです。このまま進んで霊山に向かっても仕方がありません。わたしは道を引き返すことにしました。

しばらく歩くと、山の上の方から法螺貝の音が聞こえてきました。法螺貝の「ぷふぉー」という音が、道を間違えたわたしを馬鹿にしているようにも聞こえました。

早足で歩き、下りが多いこともあって、一時間でお堂の裏に戻ってきました。

どこで道を間違えたのか確認すると、わたしの歩いてきた山道の入口から一〇メートルくらい右の方に竹やぶがあり、ぽっかりと細長い空間があって、そこが片栗村に行く道のようです。

さて、わたしはどうするべきなのでしょう。片栗村へ向かう山道をふたたび歩くのか、それともバスに乗るのか。腕時計を見ると一一時一〇分でした。さきほど確認した時刻表だと、村の停留所にバスがやってくるのは一二時一〇分でした。とにかく山道を歩くのは疲れたので、バスに決定です。

ポツリポツリ、雨が降ってきたので、お堂の軒下に向かいました。この中は、さきほど女の白い尻があったところで、もしかしたらと思い、熊よけの鈴を握って、中をのぞきましたが、誰もいませんでした。

お堂の扉を開けると中はがらんどうで床にはゴザが二枚敷いてあります。靴を脱いで、手に持って上がり込むと、奥の壁には木のお札が三つ貼付けてあって、それぞれ『牛月山神社本宮廣前大麻』『魚尾山神社本宮廣前大麻』『湯女根山神社本宮廣前大麻』と文字があります。このお堂は霊山の分院なのでしょう。

わたしはゴザの上にあぐらをかいて座りました。お堂の中で雨宿りをするとは風流なものではないかとひとり悦に入っていると、床に長い髪の毛が一本落ちていました。摘まみ上げて指でピンッと張ると、果物が熟れた甘い匂いが微かにしました。

お堂の扉が風でバタンバタン開いたり閉じたりするので、内側にある取手に、丸めたゴザをかんぬき状に突っ込みました。外は雨足が強くなってきました。

バスの出発まではまだ時間があるので、少し休むことにしました。リュックサックを枕にして仰向けに寝転がると、天井には、正方形のカラフルな天井絵馬が、タイル状にびっしり並んでいます。馬、犬、閻魔大王、鬼、軍人、天女、猿、虎、大黒さん、恵比寿さん、桜、裸の河童、鳳凰、西瓜、宝船、狸、牡丹、蛇、貝、七五三の子供、松尾芭蕉みたいな人、などなどです。十二支の動物は全てあるようですが、絵を描いた人はそれぞれ違っているらしく、画風も異なり、さらに貝や軍人などもあるので、脈絡がなく、落ち着かない並びです。

お堂の外から物音が聞こえてきました。壁の穴から外をのぞくと、そこには知った顔の二人がいました。粉滝の宿のまもるさんと商店の女でした。女の持った赤い大きな傘にまもるさんが入って、こちらに向かってきます。わたしはあたふたしながら、リュックサックを背負い、かんぬき状にしたゴザを引っこ抜いて、靴を履いて表に出ました。

お堂からとつぜん人が出てきたので、まもるさんは驚いて身体をのけぞらせました。

まもるさんは気まずそうな顔をしていますが、女の方は動じた様子もなく笑っています。彼女は昨日と同じホットパンツを穿いていました。右と左の太ももの真ん中にできたすき間が、なにかを誘い込む空間のように見えます。

「こんにちは」彼女はちょこんと頭を下げました。わたしも軽く頭を下げます。

「では自分、バスの時間がありますんで」

背中に視線を感じましたが、そそくさと、振り返らずに雑木林を抜けていきました。

お堂の中で、あの人たちは何をするのでしょうか。女の手足が蜘蛛のように、小さなまもるさんに絡み付き、体液を吸われ、しぼんでいくまもるさんを想像しました。

以前、ソープランドの控え室でトランプをしていたときに、ソープ嬢がしていた話を思い出しました。それは彼女が読んだ小説でした。

女の魔法で身体を小さくされてしまった男がいて、男は女の陰部に突っ込まれ、出し入れされて玩具にされているのですが、中が臭くて、気持悪くてたまらない男は、なんとか逃げ出そうとします。しかしなかなか逃げられず、身体はどんどん小さくされて、一五七ンチになってしまうというものでした。

「どう一五センチにされたい?」ソープ嬢が訊いてきたので、どうであれ一五センチになって、穴の中に入ってみたいとは思いました。そこは自分が産まれてきた場所であり、ひき出されたときに、もしかしたら新しい自分になっているかもしれないと馬鹿な事を考えたのです。

早足で歩いていたら、バスが到着する時刻の一〇分前に村のバス停にやって来ました。わたしはリュックを降ろし、女の太ももを思い出して、そこに挟まれる自分を妄想していました。

それにしても、なかなかバスがやって来ません。時刻表の時間を、すでに五分、一〇分と過ぎています。

するとバス停前の民家から、昨日のおっさんが煙草を吸いながら出てきて、ちらちらわたしのことを見ています。この人は村の門番なのでしょうか、それとも、わたしに気があるのでしょうか。おっさんは煙草の煙をくゆらせながら、こっちにやって来ます。

「バス来ないよ」

「えっ?」

「国道で土砂崩れがあって通行止めだって」

困りました。こうなると、鶴亀岡の駅へ行き、電車に乗って、いったん酒井田の町に戻るのが賢明かもしれません。

「あんたどこまで行きたいの？」

「酒井田です。バスが無理なら、電車で行こうかと」

「それも駄目だ、鶴亀岡から酒井田に向かう電車は、今朝から止まってるよ。昨日の雨で線路に大きな岩が落ちたってよ」

おっさんはニタニタ笑っているように見えます。吐き出した煙草の煙がわたしの顔面にまとわりつき、疲れがドッと押し寄せてきました。

車のクラクションの音とともに「おい！」と声がして、わたしの横に軽トラックがとまり、窓から敏郎さんが顔を出しました。

バス停の前に住んでいるおっさんは、煙を吐き出しながら、背中を向け、何も言わず、自分の家の方へ歩いていきました。

「まだいるのか？」敏郎さんが言うので、バスに二回乗り遅れ、山道を間違え、今度は土砂崩れでバスが来なくて、村から抜け出せない顛末を話しました。

「んだったら、とりあえず家に来たらどうだ」

助手席からは奥さんが、「お昼ご飯を作るから、食べていったらいいですよ」と言うので、お言葉に甘えさせていただくことにしました。

「すまねえけど、荷台に乗ってくれるかな、犬がいるけど気にしないでな」

敏郎さんが言うので荷台に乗り込むと、黒い犬が前足と後ろ足をピンッと張ったまま横たわっていました。犬は泥だらけの硬直した死体で、舗装の悪い道を進むと、車体が振動して犬は痙攣しているみたいに動きます。わたしは犬から離れて座っていましたが、坂道になるとズリズリ滑ってきて、靴の先に犬の毛が当たりました。

家に着くと敏郎さんは、荷台から犬を引きずり出し、担いで庭に運んでいきました。奥さんは「ご飯すぐ作りますからね」と家の中に入っていきました。

庭の地面に犬を置いた敏郎さんは、縁側に座っているトメさんに、「タロスケ見つかったぞ」と声をかけます。トメさんは相変わらず山の方を眺めていますが、雲が立ちこめ、山は見えていませんでした。

飼い犬が死んでいたというのに、敏郎さんは、ずいぶんあっけらかんとしていて、「昼飯食べたらさ、タロスケ庭に埋めるから」とトメさんに言います。

居間にあがると、奥さんがお茶を持ってきてくれました。しかし死んだ犬が転がっている庭を眺めながら飲むお茶は、どうにも落ち着きません。敏郎さんもやってきて、一緒にお茶を飲みます。

「夕方から、また雨が降るらしいからな、困っちまうな」

「国道の土砂崩れは、どれくらいで開通しますかね」

「二日はかかんな」

「鶴亀岡からの電車も止まっているんですよね」

「あれも二日はかかんな」

「それだったら、山道を歩いて片栗村に出て、そこからバスしかないですね」

「んだけども、今日はやめとけ、これからまた雨降るしよ、あの山道は雨だと危ねえから」

奥さんが昼飯を運んできてくれました。テーブルには、みょうが、納豆、生卵、ネギ、サバの水煮の缶詰が並びます。そして、アルマイトの大きな鍋に入ったうどんが真ん中に置かれました。湯気の立つ鍋の中には大量のうどんが入っていて、竹製のうどんすくいが突っ込んであります。これは、ひっぱりうどんと呼ばれていて、うどんを自分のどんぶりにすくって醤油をたらし、好きな具材を絡めて食べるのだと、奥さんが説明してくれました。トメさんはいつの間にか食卓についていて、うどんをすくって薬味を入れ、そそくさと食べはじめていました。

わたしも、納豆、ネギ、サバを絡めて食べました。うどんにサバは、どうかと思いましたが、風味が出て美味しいのです。次は、なにを入れて絡めようかと悩んでいると、ネギの盛られた皿の横に、同じように細かく刻まれた白いものがあり、なにかと訊ねると、奥さんが、行者にんにくだと教えてくれました。

わたしが、さきほど歩いてきた山道で、行者にんにくと犬サフランを間違えて食べそうになった話をすると、村でもそのような間違いで中毒を起こす人がいるらしく、「食べちまったらな、目がだんだん見えなくなって、呼吸できなくなって、恐いんだぞ、犬サフランてのは」と敏郎さんが言います。

「山ん中はよ、食ったら簡単に死んじまうものが、結構あるからな。キノコの中毒も恐いぞ、昔よ、間違えてテングタケを食べちまったことがあってな、大変だったんだわ、便所入って糞して、糞紙とろうとしたら、手がどんどん伸びていって。幻覚だな。気づいたら糞まみれで倒れててな。母ちゃんに助けてもらったんだよ。なあ」

「あたしはキノコ食べないから、あたしのおじさんは、キノコで死んでるんです」

奥さんはうどんをすすります。トメさんがすすります。納豆のネバリが、うどんをすする音を際立たせ、わたしも大きな音を立てながらうどんをすすりました。

「そのおじさんってのはさ、何度もキノコで中毒なってるんだな、それでも懲りずに食ってたんだから。今ごろキノコに生まれ変わって、そこら辺に生えてるぞ」

敏郎さんが言うと、奥さんが笑いました。人間からキノコに生まれ変わるのはどんな気分なのでしょう。わたしは生まれ変わるとしてもキノコは嫌でした。

「とにかくよ、犬サフランも恐いから、あんた、犬サフランなんかで人生終わらなくて良かったよ」

犬サフランを食べて死んだら、犬サフランに生まれ変わるのでしょうか、それとも犬でしょうか、でも、どちらも嫌なのでした。

「あのよ、あんた、修験道の人に犬サフラン教えてもらったっていってたけどよ、その修験者、顔に火傷の跡がなかったか?」

「ありました」

「そんでお堂の裏の山道で会ったんだよな。湯女根山に行く」

「そうです」

「それ、きっとタナベのタケルだ。あれは修験者じゃねえよ。泥棒だぞ」

「へ？」

「最近、村に戻ってきてるって話でよ。このまえ刑事が村に来てたって、まあ、タナベのタケルに会うなんて、天狗に遭遇するみてえなもんだからな」

それから敏郎さんはタナベのタケルのことを詳しく話してくれました。


タナベのタケルは、父、母、タケル、妹の家族で、この村の山奥に住んで椎茸《しいたけ》栽培をしていました。妹は途中からいなくなって、施設に入っているとか、どこかに売られたという噂が流れます。そのころタケルは子供でしたが、学校には通っていなかったので、たまに村で見かける程度だったそうです。

家族が椎茸栽培をしていた場所は、わたしが間違えて歩いた山道、お堂の裏から霊山に向かう山道の途中にあったそうです。しかし、地滑りの被害に遭って、すべてを無くしました。タナベのタケルの家族は、どこか違う土地からやって来て無断で山中に小屋を作り、椎茸を栽培していたので、村の人からは嫌われていて、誰も手を差し伸べませんでした。

一家は住む場所を失い、村を出てからは、泥棒をしながら放浪していたそうです。犯行は家族ぐるみでした。息子のタケルは、親が盗みに入った家に人が戻ってくると法螺貝を吹いて、合図を送っていました。

二〇年前、酒井田の町で大きな火事がありました。その日は風が強くて火のまわりが速く、町の中心部のほとんどが燃えてしまう大火になり、たくさんの人が亡くなりました。野次馬も多く集まったのですが、その人たちや避難していた人の家から、金目のものがごっそりなくなっていたのです。町の人の証言では、火事の最中、消防車のサイレン音に混じって法螺貝の音が響いていたといいます。

そして大火から二週間後に捕まったのが、タナベのタケルの父親でした。そのとき母親とタケルはいませんでしたが、数日後に母親は駅のホームで走ってきた特急電車に投身します。タケルは、ホームで呆然と立っているところを保護されました。顔には火事のときに負った火傷がありました。

捕まった父親は、火をつけたのは自分ではなく、火事は偶然だったと訴え続けました。けれども裁判では父親が火をつけたことになり、死刑の判決が下りました。タケルはそのころ一〇歳で、施設に入れられます。

「でも、もしかしたら火事は本当に偶然だったのかな」と敏郎さんは言います。あのような災難では、誰かに責任を負わせ、悪人を作りたがるのが人間で、人間は残酷だから、真実なんてどうでもよく、火事場泥棒を働いたタナベは、生け贄みたいなものだったのかもしれないと。

しかしタケルはたびたび施設を逃げ出し、一人で村に戻ってきては、あのお堂に身を潜めていました。そして村人に見つかるたび施設に連れ戻されます。

その後、施設を出てからの動向は不明ですが、泥棒をしているとか人を殺して刑務所に入っていたとかで、最近、村でよく見る修験者が、タケルなのではないかとの噂があるそうです。

昼飯を食べ終わると、役場からショベルカーを借りるために、敏郎さんは家を出て行きました。ここら辺は雪が深いので、役場には村人が共同で購入したショベルカーやブルドーザーや除雪車があるのだと奥さんが教えてくれました。

しばらくするとエンジン音が聞こえてきて、小型のショベルカーが見えました。むき出しの運転席には敏郎さんが乗っていて、あぜ道を軽快に走ってきます。

ショベルカーが庭に入って来ると、エンジン音が大きく響きました。敏郎さんは庭に穴を掘りはじめます。トメさんはまったく気にしない様子で、あいかわらず山の方を眺めています。

穴が空くと敏郎さんは、「タロスケを中に入れてくれ」と言うので、わたしはタロスケを抱えて穴の中に転がしました。

今度は盛った土で穴を埋めていきます。敏郎さんのショベルカーさばきはたいしたもので、掘ってから埋めるまで、まったく無駄がありませんでした。

穴を埋め終わると、奥さんが線香を持ってきて、埋めた土の上に立てて火をつけ、手を合わせました。

奥さんは、「タロスケ、うちに来たとき、こーんな小さかったのにね、いろいろ、ありがとうね」とすすり泣きました。敏郎さんも目に涙を浮かべ、「ありがとな」と言っています。

さっきまで庭に放ったらかしていたというのに、二人がここで急に涙を見せるので、感情をスイッチみたいに切り替えられるのが不思議でした。過去はブツ切り状態で、それを抽斗《ひきだし》から出したりしまったりしている感じです。

そもそもどうしてタロスケが死んだのか、敏郎さんに訊いてみました。

五日前、タロスケを畑に連れていって遊ばせていたら、行方不明になって、今朝、国道の脇で、車にひかれて倒れていたのを、敏郎さんの知り合いが見つけて連絡してきたそうです。

「タロスケは、昔っからよ、一週間くらい旅に出ることがあってな、あいつも、お山にお参りしに行ってたのかもしんねえな」

タロスケの埋まった穴に向かってしばらく手を合わせると、「あっ、犬小屋も一緒に埋めちまえばよかった」敏郎さんが言いました。

奥さんは、もう泣いていませんでした。敏郎さんが、タロスケを埋めた穴の上に、犬小屋を移動させると、雲が村全体をつつんできて、ふたたび雨が降ってきました。

「そんで、あんた今晩はどうするんだ」敏郎さんが訊いてきます。

「粉滝旅館に泊まろうかと」

「昨日も泊まったんだろ、今晩はうちに泊まればいいんじゃないか」

昼飯まで食べさせてもらい、お世話になりっぱなしなので申し訳ないのですが、余計な出費をしたくないのも事実です。わたしが悩んでいると、「寝小便が心配だったら、天祐さんがあるだろ」と敏郎さんが笑います。

「寝小便は大丈夫です」

「寝小便はおれだな。まあ、今晩はとにかく泊まっていけ」

恐縮しながらも、お言葉に甘えさせていただくことにしました。

「じゃあ、イノシシの肉があるから、今晩は、すき焼きにしましょうかね」

奥さんは家の中に入っていきます。

「さあ、雨足が強くなる前に役場に返してくるな」

敏郎さんはショベルカーに乗って庭を出て行きました。

雲は、どんどん低くなってきています。向こうの四つ辻で赤い大きな傘がゆれていました。あれは、お堂の前で見た傘です。浮かぶように移動する赤い傘は、浮世から少しズレたところにあるようでした。

山の方に稲光が見え、雷が鳴った途端、トメさんが、こっちを見て目をぱちぱちして、ゆっくり口を動かし、かすれた声で喋りはじめました。

「てんゆうし、れいそう、ま、おう、さん」

トメさんは自分の肩をトントンと叩きます。これは、お灸を据えてくれということなのでしょうか。さらにトメさんは自ら縁側の床にうつ伏せになり、着ていた服をめくりあげて背中を丸出しにしました。

わたしはリュックサックから道具を出し、トメさんの背中にお灸を据えました。煙が立ち上っていきます。

「あら、お母さんお灸据えてもらってるの?」

奥さんが、居間にやってきました。

「トメさん、自分の肩を叩いて、据えて欲しいって」

「そうなんです。たまに、まともになることがあって、この前も、ぬか味噌をかきまししてたら、そんなんじゃ駄目だって、お母さんが交代してくれて」

奥さんは、そう言いながらテーブルを拭いて、台所に戻っていきました。

一〇分くらいお灸を据えていると、トメさんは「ふーう」と大きな息を吐きだしました。まるで魂が抜けて行くようだったので、心地よすぎて死んでしまったか、と思ったら、いきなり立ち上がり、背中の、火のついたお灸を払いのけて居間に行き、座布団を枕にして横になってしまいました。

縁側には、トメさんが払って落ちたお灸が転がっていて、まだ燃えています。わたしは庭に蹴り出しました。もぐさの小さな煙はバラバラになって、垣根の方に流れていきました。雨が急に、強く降ってきました。お灸の火は雨で消されていきました。

奥さんがやってきて、「たいへんたいへん」と窓を閉めはじめます。そして居間で寝転がるトメさんに、「お母さん寝ちゃったんですか」と、押入れからタオルケットを出してかけました。

空は真っ黒になってきました。部屋も薄暗くなり、寒々しい蛍光灯が天井にへばりつくように光っています。

「テレビでも観ててください」

奥さんがテレビのスイッチを入れて、リモコンをテーブルに置きました。

敏郎さんが戻ってきたので、干し柿を食べながら、一緒にテレビのニュースを観ました。わたしは、田舎の親戚の家に遊びにきているようなくつろいだ気分になっていました。

テレビを観ていると、だんだん眠くなってきました。わたしが、こくりこくりと舟を漕いでいると、敏郎さんが顔をのぞき込んできて、眠いのかと訊いてくるので、正直に眠いと答え、座布団を折って枕にして、タオルケットをかけ、トメさんのとなりで横になりました。雨はさらに強くなってきたらしく、その音を聞きながら、わたしは眠りに落ちました。

敏郎さんに起こされると、夕食の時間でした。テーブルにはイノシシのすき焼きが用意されていました。ごぼう、こんにゃく、焼き豆腐、ネギ、大根、そして半解凍されたイノシシの肉が綺麗にお皿に盛られています。この肉も、やはり猟友会の人にわけてもらったもののようです。

まずは野菜から煮ていきます。トメさんはテーブルの前に座って、箸を持って待っています。鍋の中でグツグツ躍るイノシシの肉は、煮込むほど柔らかくなるそうで、食べてみると臭みもなく、千倉さんのところで食べたものとは違って、味わい深いものでした。さらに一緒に煮込んだ大根に、味が染み込んでとても美味しかったのです。

ご飯を食べ終わり、お茶を飲んでいると、テレビではボクシング中継が始まりました。

「田村朋人、ウェルター級、世界戦挑戦」とテロップが流れます。

チャンピオンはメキシコ人、ラモン・ゲレロ選手。防衛は八度目で、褐色の光る肌、緑のボクサーパンツに浮かび上がる腹筋、肩の筋肉は馬のようで、表情は笑みを浮かべ余裕がありそうです。わたしは、かつてテレビでゲレロ選手の試合を観たことがあります。下から突き上がってくる右ストレートが強烈で、相手は三ラウンドでノックアウトされてしまいました。

ウェルター級はとんでもなく層が厚い階級で、いまだに日本人の世界チャンピオンは一人もいません。ですから田村選手がこれに勝つことは快挙なのです。頑張って欲しいところです。

試合開始のゴングが鳴りました。田村選手は、最初、動きがかたくて、なかなかパンチが出ません。一方チャンピオンのゲレロ選手は、軽快なフットワークで前に出てきます。二ラウンドも田村選手の足はなかなか動きません。ゲレロ選手はジャブで追いつめ、ストレートが何度か顔面をとらえました。

鼾が聞こえてきたので、横を見ると、いつの間にか敏郎さんが眠っていました。

三ラウンドになると、田村選手の足が動き始めて良いパンチも出てきました。四ラウンドと五ラウンド、田村選手はチャンピオンのボディを執拗に打っていきます。六ラウンド、ボディが効きはじめチャンピオンの顔が歪んでいきます。そして七ラウンド、ゲレロ選手が右でボディを打ってきたところを、田村選手は左にまわりながらよけて、左フック、ボディ、ボディ、左のジャブからの強烈なショートアッパーがゲレロ選手の顔面をとらえ、ゲレロ選手はダウンしました。

1、2、3……カウントが数えられていくと、かすんでいた右目がくっきりしてきて、テレビの中の、立ち上がったゲレロ選手が、突然白目をむいてニタニタ笑いはじめました。そしてゲレロ選手の顔は、かつてわたしが戦った松岡陣太という選手の顔になっていました。

松岡陣太は東洋太平洋のランキング三位になった強い選手でしたが、ときたま、まったくやる気を感じられない試合をすることがありました。

七ラウンド、松岡陣太は、わたしの左のショートアッパーが決まると、ダウンしました。しかし8カウントで立ち上がると、突然、ニタニタ笑い出したのです。最初は、ダメージを受けていないというアピールかと思いましたが、その笑い方が、なにか変だし、やはりダメージを受けているようで、なかなかパンチを出してきません。

わたしはそこを打ち込んでいきましたが、殴れば殴るほどにニタニタ笑いが激しくなり、まるでなにかに取り憑かれたような目になり、さらに、こっちを馬鹿にしているのか、パンチを自ら受けるように顔を前につき出してきたのです。

わたしは、殴りつづけました。最後に、右アッパーが決まって、松岡陣太が後方に倒れ、頭がマットに跳ね返りました。けれどもダウンした松岡はマウスピースを吐き出して、舌を出して笑っていました。顔は笑っていたけれど、身体はまったく動かなくなり、ついには担架で運ばれていったのです。そして次の日に病院で亡くなりました。これはリング禍であり、わたしが罪に問われることはありませんでした。

わたしは悩んだ末に、松岡選手の通夜に行きました。親族席には、奥さんと二歳くらいの娘さんが座っていて、娘さんはなにもわかっていない様子で、パンダのヌイグルミを手にしていました。それ以来、どうしてもグローブをはめることができなくなりました。

テレビの中ではゲレロ選手が、マットに倒れていました。10カウントが数えられ、「日本初の、ウェルター級世界チャンピオン誕生です！」と興奮したアナウンサーの声が聞こえてきて、フラッシュがたかれ、画面が強烈に光ります。

わたしは、リモコンのボタンを押してテレビのチャンネルを替えました。町のパチンコ屋のコマーシャルが流れてきて、顔の大きな男が赤いツナギで、ゴーカートに乗りながら、「出るぞ、出るぞ、出すぎてこまるぞ」と叫んでいました。

テレビを消すと、薄暗い蛍光灯の下で、すき焼きの甘ったるいニオイが漂っていました。

その夜は、居間に蒲団を敷いてもらったのですが、なかなか寝付けませんでした。外の雨は激しくて、家の壁や屋根に当たる雨音が響いてきます。その音がパンチのように、自分を殴りつけてきます。吹きつける風は笑い声のようでした。

朝、敏郎さんが、大きな音を立てて階段を降りてきて目を覚ましました。わたしがもそもそ起きだすと、仏壇に置いてあった車のキーを手にして、千倉さんの住んでいる集落で地滑りがあって、いまから様子を見に行くのだと言います。わたしも急いで着替え、一緒に家を出て、軽トラックに乗り込みました。

車を走らせて一〇分ほどで集落に着くと、すでに何人かの村人がやってきていました。千倉さんの家は小高いところにあったのですが、そこから地面が雪崩《なだ》れ落ちています。家は崩れペシャンコになり、柱が土の中に突き刺っていました。地滑り対策に作られた地下水の流れていた緑のマンホールからは、水が吹き出していました。

家の方に近づいていくと、崩れた家の裏から農業用の一輪台車を転がしながら、千倉さんがあらわれ、照れくさそうな顔をして、こっちに向かってきます。

「いやいや、まいったよ」

千倉さんは怪我などない様子で普通に歩いていて、崩れた家からは、必要なものを取り出していたようで、一輪台車には着替えとビニールに入れたイノシシの肉と七輪が載っていました。

わたしたちは、千倉さんを車に乗せて、公民館に向かいました。そこが、とりあえずの避難場所です。避難するのは千倉さんだけですが、ぞくぞくと村の人が、食べ物などを持って集まってきて、お祭りの準備でもしているかのようなにぎわいになりました。

千倉さんは寝ていたときに地鳴りを聞いて、家から逃げ出すと、数分後に地滑りが起きたそうです。

わたしと敏郎さんは、いったん家に戻ることにしました。家では奥さんが朝ご飯を用意してくれていました。のり、納豆、こしあぶらのおひたし、なめたけの味噌汁、サバのみりん干し、白米でした。最後に熱いお茶を一杯飲んで、わたしは出発する準備をしました。

敏郎さんがもう一度、公民館に行くというので、四つ辻まで車に乗せてもらうことにしました。奥さんが庭先まで見送ってくれます。トメさんは縁側でいつものように座って山を眺めていました。

わたしは、前の日と同じように、雑木林を抜け、お堂までやってきました。女の尻が脳裏に浮かび、壁の穴から中を確認しましたが、誰もいませんでした。

今度は間違えないように、お堂の右手の竹やぶからはじまる山道へ入ります。地面は昨日の雨でぬかるんでいて、大きな石が転がっている場所がありましたが、歩けないことはありません。背中では熊よけの鈴が「カランコロン」鳴っています。

山道を二〇分くらい歩くと向こうのほうからも熊よけの鈴の音が聞こえてきました。やってきたのは三人の男たちでした。ヘルメットをかぶり、ハーネスを装着し、装備も万全の彼等は、山岳会の面々で、地元の警察よりも一足早く状況を窺うために、地滑りがあった志目掛村に行くところだと話しました。そして、ここから先は、道がごっそり無くなってるところがあって、一人で行くのは無理だと言われました。

「ロープとハーネスを使ってきたんですから」

眼鏡のリーダー格らしき男が言います。

「でも、まだ国道も開通しませんよね」

「今日の午後に、消防車や救急車などの緊急車両は通れるようになります。バスはまだ無理でしょうが」

わたしは、あいかわらず村から抜け出せません。なんだか、この村に来てから今生と過去をさまよっているような気になってきました。

しかし、わたしが困った顔をしていると、赤いヘルメットの男が、「おれ救助用の予備ハーネス持ってますけど、帰り一緒に連れていってあげたらどうですか」と提案してくれました。

「あなた体力は自信ありますか」と眼鏡のリーダー格が訊いてきました。

「あります」

「でも、ヘルメットがね」

わたしは公民館の玄関口に防災用のヘルメットが引っ掛かっていたのを思い出しました。

「ヘルメットあります。村に戻ればあります」

そして、山岳会の人たちと村へ引き返しました。

公民館は村人であふれかえっていて、酒盛りがはじまっていました。山岳会の人たちはあきれた顔をして、眼鏡のリーダー格が、「午後には救急車が来ます。怪我人がいたら教えてください」と声を張りあげても、「いねえいねえ、大丈夫だ」と千倉さんは相手にせず、酒を紙コップに注いで、「ほら、あんたらも、飲んでいけ」と勧めています。

山岳会の人たちは、この場にいても仕方が無いと判断したのか、地滑りの状況を見に行くために公民館を後にし、わたしは彼等とお堂の前で一二時に待ち合わせをしました。

ヘルメットのことを千倉さんに話すと、組合長に話しをつけてくれて、防災用ヘルメットと、さらに公民館の忘れ物で青い雪用長靴があると出してきてくれました。「返さんでいいよ」組合長は言います。

千倉さんは酒を飲めとしきりに勧めるのですが、これから山道を歩くので断りました。さらに公民館の中で、イノシシの肉を七輪に載せて焼きはじめ部屋は煙だらけになっています。あまりにも煙たいので燻《いぶ》り出されるようにして外に出ました。

わたしは、お堂で山岳会の人たちを待つことにしました。リュックサックに履いていた靴を詰め込み、ヘルメットをくくりつけ、貰った雪用長靴で歩きはじめます。

公民館の前にある商店はシャッターが半分だけ開いていたので、腰をかがめて中をのぞいてみましたが、あの女はいませんでした。

この村に来て、お堂までの道を何度通えばいいのでしょうか。木々はせせら笑うように風になびき、前方でカラスが低く飛んでいきました。熊よけの鈴がヘルメットに当たり、「カランコロン」と響きます。

ふたたびお堂の前までやってきて、中に入り、ゴザの上に寝転がって、一昨日、敏郎さんの奥さんから貰った干し柿を食べました。

天井絵馬がわたしを見下ろしています。壁には三つのお札が掛けてありますが、現在、過去、未来のうち、未来の山の名前が書いてあるお札だけ傾いていました。村に来てから三山のうち、未来の山である湯女根山だけ見ていません。もしかしたら、村から出られない理由は、これのせいではないかと思えてきて、立ち上がり、壁のお札を真っすぐにしようとすると、お堂の扉が開く音がして、背後から光りが差し込んできました。

そこには、女が一人立っていました。「こんにちは」声が聞こえます。商店の女でした。

「さっき、お店のぞいてたでしょ。わたし二階にいたんですよ」

中に入ってきた女は、ゴザの上に座りました。

のぞいた自分が、のぞかれていたというのは、どうにも恥ずかしいのですが、この村に来てから、ずっとなにかにのぞかれているようでもあります。

彼女はビニール袋の中から紙パックの牛乳を出しました。

「これお土産です」

「ありがとうございます」

わたしはゴザの上に座りました。

「賞味期限、三日くらい過ぎちゃってますけど、大丈夫ですよね」

「はい」

牛乳パックにストローを差し込みます。

「お店はいいんですか?」

「どうせ暇なんで」

ビニール袋から煙草とライターを取り出した彼女は、煙草をくわえて火をつけ、この前と同じホットパンツ姿で、あぐらをかいて座っています。わたしの視線は、どうしても彼女の足にいってしまいます。その視線を半ば肯定的に誤魔化すため、「蜘蛛の刺青ですね」とふくらはぎを指すと、彼女は刺青のある右の膝を立てて、ふくらはぎの裏を見せてくれました。

左の太ももが底辺になり、右の膝頭が頂点となった三角形の空間ができました。わたしは無性に、その三角地帯に頭を突っ込んでみたくなりました。

ボクシングをやめて、川崎で武田と遊んでいたころ、キャバクラに行って、酔っぱらうと、ホステスの太ももの間に顔を突っ込んでいたのを思い出しました。「そこ、いいトンネルあるじゃんよ」と、頭を突っ込んでいくのです。たいがい嫌がられましたが、なにも言わず、太ももに挟んでくれる女の娘もいました。

「いいトンネルですね」

「トンネル?」

「そこです」

わたしは三角地帯を指さしました。

「ああこれ。トンネルですね」

彼女は煙草の煙を、自分の臍《へそ》に向かって吹き出し、「ほら、煙が、トンネルを抜けてく」と笑いました。わたしも嘘っぽく笑いながら、さりげなさを装って、「くぐっていい?」と訊いてみました。

「え?」彼女は、キョトンとした顔をしました。

「トンネルを、くぐってもいいですか?」

すると「蜘蛛いるから、気をつけてね」と洒落《しゃれ》たことを言うのです。

わたしは、四つん這いになって、自尊心もへったくれもなく、前に進んでいきました。太ももトンネルの向こうにある壁の穴からは、光りが差し込んでいて、もしかしたら、このトンネルは、未来に通じる出口なのかもしれません。

しかし頭を突っ込むと、彼女は、「捕獲」と言って足を降ろしてきて、これまた洒落たことをするのです。彼女の笑い声が聞こえ、首と頬に、柔らかい太ももが食い込んで、脳から下半身へしびれるような毒虫が走りました。

この調子なら、舌を出し、太ももを舐めても大丈夫かもしれないので、さりげなく口を開け、舌先を突き出そうとすると、彼女が、「ちょっと、なにのぞいてんの！」と怒鳴りました。自分が怒鳴られたのかと思ったけれど、彼女の目線は漆喰の壁の穴の方にあり、そこに向って喋っています。

「駄目だよ、お金もらってないし」

「どうしたの？」

「のぞきですよ。ほら昨日、お堂の前で、あたしと一緒にいた人」

「まもるさん？」

「知り合いなの？」

まもるさんは、彼女が引っ越してきたころから、なにかと店にやってきて、家の中をのぞいていたそうです。ようするに出歯亀で、何度かのぞき行為を見つけた彼女は、一万円を払ったら、のぞいていいと約束しました。

「でもね、のぞきだけなんですよ。だから、お堂に来ても、中に入んないで、外からのぞいているんです。その方が、興奮するんですって、変ですよね」

昨日、二人がお堂に来ていたのは、その会が催されていたからで、「小遣い稼ぎです」

と彼女は言います。

昨日の朝、自分もお堂をのぞいて興奮していたことは、さすがに言えませんでしたが、まもるさんの気持が少し、わかるような気がしました。

それにしても、わたしは、いまだ太ももに挟まれた状態で、トンネルを抜け出していません。けれども、このまま抜けられなくても、いいのではないかと思っていました。

煙草の灰が、くるくるまわりながら、ゆっくり、わたしの手の甲に落ちてきました。

「まあね、いろんな人がいますから、この村は」

ため息まじりに言う彼女は、村の人を馬鹿にしているようでもありました。

「あのお店は、どのくらい前からやっているんですか？」

「一年前です。五年くらい前に潰れたお店だったんですけど、それを買い取って」

「なんで、この村だったんですか？」

「知り合いが店を持たせてくれたんですよ。あんまり憶えてないんですけど、わたし子供のころ、この村に住んでたんです。その人もこの村に住んでて」

一昨日、修験道の男が、彼女の店から出てきたのを思い出しました。この女の言う、知り合いというのは、もしかしたらタナベのタケルかもしれません。

「あの、タナベのタケルさん知ってますか?」

彼女の吐き出した煙草の煙が、一瞬止まったように見えました。そして「知りませんけど」と言うと、おもむろに、太ももをキツく締めてきたので、わたしの目は、彼女の膝の裏で隠れてしまい、なにも見えなくなりました。

牛乳の入っていたビニール袋をあさる音がしました。「あの、すんません、ちょっと」と言っても無視されます。「カチカチ、カチ、カチカチ」と携帯電話でメールを打っている音がしました。

その音が止むと、挟んでいた足が緩みました。

「あなたお灸屋さんでしたよね」

「そうですけど」

太ももの間でわたしは答えます。

「お灸、やってくれます?」

「いいですけど、この前は、火が苦手とか言ってませんでしたっけ」

「そんなこと言いました?」

さっきまでは穏やかだった彼女の態度、顔つきが、まったく違っているような感じがします。

「では、身体のどこが辛いですか？」

「お尻です。お尻から、太ももの裏が張ります」

「わかりました」

「パンツは脱いだ方がいいですか？」

「ズラすだけでいいです」

彼女はうつ伏せになり、自分でホットパンツとパンティーをズラし、白いお尻が丸出しになりました。それはわたしの脳裏に鮮明に焼き付いていた、あのお尻でした。

もぐさを丸めて、お灸を成形し、水がないのでお灸の裏に唾をつけて滑らないようにして、お尻のツボにお灸を据えていきました。手がお尻に触れ、小さくゆれます。太ももの付根、右の尻、左の尻に据えて、線香に火をつけ、お灸に火をうつすと、お堂の中に、もぐさの煙が充満していきました。

煙の中、彼女の尻の穴から蜘蛛が一匹出てきたような気がしたのは、壁の穴から射し込む光りのスジでした。

尻に顔を埋めたい気持を、グッと抑えていると、突然、お堂の扉が開いて、煙が外に流れていきました。

　そこに立っていたのは、わたしに犬サフランを食べるなと教えてくれた、あの男でした。この前は白装束でしたが、上下灰色のジャージ姿で紙袋を持っています。

男が中に入ってくると、火のついたお灸が尻にあるのに女は不用意に立ち上がりました。

男は、品定めするように、わたしを見ています。女はズレたパンティを直しています。

床では散らばったもぐさが、バラバラになって煙を立てていました。

「あれ？　あんた、昨日の、あれじゃねえか」

男は素っ頓狂な声を出します。

「犬サフラン」

「そうだよな」

「はい」

「つうか、あんた、この村で、なにやってんだ？　刑事か」

「刑事なんかじゃないですけど」

「じゃあ、なんでタナベのタケルを調べてんだ」

「べつに調べてないですよ。村で噂を聞いただけで」

「どんな噂だよ」

「天狗だとか」

「天狗？」

「天狗みたいな男だと」

男はニタリと笑います。つられてわたしもニタリと笑いました。やはりこの男がタナベのタケルなのでしょう。天狗のように、やたら自信のある面《つら》をしています。

「他には？　どんな噂だ」

「なんか事件でも起こして、村に戻って来てるって、それで刑事も村に聞き込みにきたとか」

「じゃあ、あんたは、この村になにを詮索しに来たんだよ？　刑事じゃなけりゃ、探偵か？」

「いや詮索なんてしてないし、探偵でもないです」

男はイラついている様子で、紙袋に手を突っ込みました。女は、まるで他人事のように、こっちを見ています。

「いったい何者なんだテメエ！」男は凄んできます。

「ただのお灸屋です」

「殺し屋か」

「殺し屋？」

「やっぱ殺し屋なのか」

「お灸屋です」

よくわからないのですが、男は、わたしを殺し屋と思い込み、勝手に暴走をはじめています。

「よくここまで嗅ぎつけてきたな」

「だから、わたしは殺し屋じゃないです。しかしあなたは殺し屋なんて物騒なのにも追われてるんですか？」

「なにとぼけたこと言ってんだよ。田中の組長に頼まれたんだろ、でもな金はもうないぞ、使っちまったよ」

「金なんかどうでもいいし、田中の組長なんて知りませんよ」

男が顎で指示をだすと、女はわたしのリュックサックを取り上げ中腰になり、中身を探っていきます。武器でもあると勘違いしているのでしょうか、しかし出てくるのは天祐子霊草麻王のもぐさばかりでした。

男が紙袋に突っ込んでいた手をゆっくり抜き出しました。手には包丁が握られています。このままでは殺し屋でもないのに、刺されてしまいます。男が近づいてきました。

右手に包丁を持っています。その手はだらんと下げたままなので、刺してくるとしたら、包丁はわたしのボディに突き出されるはずです。だとすると、わたしは左に動き、相手の右肩にまわり込むと同時に包丁を右手ではたき、左でフック、右でボディ、ボディ、左のジャブからの、最後は右ストレートです。

思った通りに、タケルがボディに包丁を突き出してきました。わたしは相手の右にまわり込み、思い描いた通りにパンチを繰り出していきます。最後はストレートが強烈に決まって、タケルは床にぶっ倒れ、手から包丁が転がりました。

タケルが倒れたとき、彼が持ってきていた紙袋が転がり、中からペットボトルが飛び出して中身がこぼれました。灯油の臭いがしました。彼はわたしを刺した後、燃やそうとしていたのかもしれません。

こぼれた灯油が床にひろがり、女の尻から飛びちって、小さく燃えていたもぐさが火種となり、炎が立ちはじめました。

突然、尻が燃えるように熱くなりました。振り返ると、女が中腰で包丁を握っていました。わたしが刺されたのに、女は自分が刺されたみたいな悲鳴をあげ、倒れたタケルを抱きかかえ、「お兄ちゃん、お兄ちゃん!」と叫びました。

ズボンの中に血があふれてきて、踵に流れてきました。包丁が床に転がっています。燃える床の炎が大きくなって、ペットボトルはグニャグニャになりながら燃えています。

尻を押さえながら、お堂の外に出ました。石段を降りるたびに、激痛が走りました。煙が背中から流れてきて、お堂から少し離れた場所に、わたしはへたり込みました。

振り返ると、タケルは女に肩を抱えられ、お堂の中から出てくるところでした。焼け死なれるようなことにならず良かったです。

しかし煙の中にあらわれたタケルの顔はニタニタ笑っていて、地面に座っているわたしのところまでやってくると、勢いをつけて顔面を蹴ってきました。

わたしは仰向けに倒れました。青空に煙がのぼっていました。突然、靴の裏が目線をさえぎり、顔面を踏みつぶしにきたので、両腕でガードをしました。しかし踏みつけられた衝撃は凄くて頭がクラッとしました。それでもなんとかタケルの足首を掴んで、引っぱり、転ばすことができました。

このままでは、本当に殺されてしまうと恐怖を覚え、痛いのを我慢して立ち上がり、転んだタケルにまたがって、顔面にパンチを繰り出しました。殴りつづけていると、タケルは鼻血を流し、目が腫れてきました。

それでもタケルは笑っているので、その顔がだんだん松岡陣太と重なっていきました。

人を殺めてしまったことはありますが、わたしは殺し屋ではないのです。殴らなければ、殴られてしまう、抵抗しなければ、殺されてしまいます。しかし、どうしてこのような無駄な戦いをしなければならないのか、馬鹿らしくなってきました。わたしは尻を押さえて立ち上りました。

お堂は、屋根からも炎が立ちのぼりはじめ、全体が激しく燃えさかっています。周辺も炎で熱くなってきて、煙が流れてきて目に染みてきました。早くこの場から立ち去らなくてはと思っていると、「お兄ちゃん」と大きな声がして、女がタケルに包丁を渡していました。

女はお堂から包丁を持ち出してきていました。二人の連携は、やたらと堂に入っているので、実際に共謀して一人や二人、人を殺しているのかもしれません。

包丁を受け取ったタケルは立ち上り、その冷めた目は、奥が赤く異様に光り、ニタニタしながら、こちらに向かってきます。女もタケルにそっくりな目つきで、こっちを見ています。二人は獲物を捕らえようとする肉食獣のオスとメスであり、人間のわたしは、到底敵《かな》いそうになく、抵抗することすら無駄に思えてきました。

わたしは尻を押さえながら後ずさりします。尻からたれる血が指の隙間に流れ込み、拳を握りしめると生暖かく、ぬるぬるしました。さきほどのように、上手い具合にパンチを繰り出す自信は、もうありません。顔面は硬直して、とにかく殺されたくないという気持ちだけが渦巻いていました。

一歩、二歩、三歩、四歩、五歩、後ろに下がっていくと、踵が土の中に埋もれていくような感触があり、もう一歩後ろに下がったところには、なにもありませんでした。

「あっ」

瞬間、わたしは斜面を転げ落ちていきました。真っ白になった頭の中で、ヒュルヒュルと空洞を抜ける風の音がします。同時に、遠くの方からうねるような地響きが聞こえてきて、自分は地獄に落ちているのではないだろうかと思いました。

これまでの人生ほとんど反省なく、いろいろと誤魔化しながら生きてきました。嘘もつきました。人を騙したり、人を殴ったりもしてきました。女にうつつを抜かし、欲望を低俗に解消したこともあります。行商に出て、家々をまわりながら、身勝手な罪滅ぼしのつもりか、良い人ぶって人と接してきました。

いまわのきわであるかもしれない状況で、わたしが省みるのはこの程度のことで、薄っぺらい人生のクセに、生に対する執着は鬱陶しいくらいあって、地獄にだけは堕ちたくない。なんて思っているのです。

転げ落ちながらも今生に踏みとどまる執念でもって、必死に周囲をまさぐりました。シャツの襟首が木の枝に引っかかり、ビリビリ破けていきます。それでも転落は止まらず、速度は増していくばかりでしたが、地面から飛び出した大きな石に背中を打ち、身体が跳ね上がった瞬間、両手で抱くようにして、その石を抱え込み、なんとか止まることができました。

安心する間もなく、どこからか地響きが迫ってきました。それは、どんどんこちらに近づいてきて、地中が盛り上がるような轟音が響くと、摑まっていた石がぐにゃぐにゃうねるように動きだし、上方でガラガラ崩れる音がすると、わたしの横一〇メートルくらいの斜面を燃えたお堂が火の粉を飛び散らしながら転がっていきました。同時に男と女の悲鳴も聞こえてきましたが、姿は見えず、お堂もろとも下方に吸い込まれるように消えていきました。

燃えた木片が飛んできたので、よけようとすると、すでに土砂が目前に迫っています。真横にある木がメリメリ音を立てながら倒れると、上方から大量の土砂が襲ってきました。わたしは土の中に飲み込まれていきました。


空に火の粉が散っていて、土煙が舞っていました。息苦しかったので、口を大きく開けると、中に土が詰まっていて、指で掻き出しながら地面に吐き出しました。わたしの下半身がありませんでした。パニックになって、下半身が転がっていないかあたりを探しましたが、どこにもありません。血の気が引いて気絶しそうになったとき、下半身が土の中に埋まっていることに気づきました。

山の斜面は、向こうの方までごっそりなくなっていました。えぐられた斜面には、山の緑はまったくなくなっていて、爆撃でも喰らったかのように、一面に黒い地肌がひろがっていました。

昨日わたしが間違えて歩いた山道の方向には、削られた斜面の奥に、ここに来て初めて見るような青空があって、大きな灰色の岩がぽっこり浮かんでいました。

あれは、湯女根山です。

未来を意味するこの山を見たことによって、ようやく村を抜け出すことができるのかもしれないと思いましたが、下半身は土に埋まったままなのです。口の中に残る土をペッペと吐き出していると、自然に笑い声が出てきました。

両手で踏ん張って身体を押し上げ、土の中から出ようとしましたが、ビクともしません。しかし踏ん張った結果、下半身に、なにやら温かいものが流れてきたようで、それが小便なのか血なのか、よくわからず、わたしはそのままの姿勢で、湯女根山を眺めていました。

どこからか、熊よけの鈴の音とともに「おーい」という声が聞こえてきました。それに応えるため、こちらも声を出そうとすると、口の中に残る土がノドの奥に流れてきて、ひどく噎《む》せ返りました。

# 天秤皿のヘビ

アンポラ島は常夏の島で、かつて島民は裸に近い格好で暮らしていた。けれども二十年前にリゾートホテルができてから、男も女も肝心な部分は隠すようになった。

男は以前、ヨレヨレの猿股やふんどしを穿いているだけだったから、金玉が飛び出していても平気だった。女は布を巻いていただけだったので、片方のおっぱいが飛び出しちゃっている者もいた。しかし、公共の場で金玉やおっぱいが出ていると罰金を取られるようになった。これは政府が決めたことで、いまでは男はズボンを穿き、女もシャツを着るようになった。

それに女は、パンティーを穿く習慣がなかったので、はじめは政府が穿き方の講習を行った。その講習で配られたパンティーは、リゾートホテルに出資していた会社の社長が信仰している宗教団体が寄付したもので、尻の部分には、「神は見ている」と記されていた。このパンティーは生地がしっかりしていたので、二十年経っても穿いている者がいて、子供に穿きつがれている場合もあった。

島の政府はリゾートホテルからたんまり金をもらっていたので、なにもかも言いなりだった。以前はトタン屋根の掘建小屋だった役所も、コンクリート作りになって、クーラーが効いているし、スーツを着ている者もいる。そもそもスーツなんてこの島には売ってなかったし、外に出ると暑くてしょうがないのだが、役所勤めの者は、それがステイタスだと思って着ていた。

農業や漁業を生業《なりわい》にしている島民は三分の一にまで減ってしまい、ホテルの下働きをする者や、お土産屋など観光客相手の商売をする者が増えた。また美しい娘や楽器を奏でられる者はホテル専属のダンサーやミュージシャンになることができた。

一方で、貧富の差が激しくなり、失業者が増え、市場の近くにあるスラムは年々拡大して、犯罪は以前よりも横行していた。

もちろん政府やリゾートホテルのやり方に反発する島民もいたが、今となっては、なにをやっても、どうにもならない、といった空気が流れている。

イサはアンポラ島に住んでいる十歳の少年だった。よく日焼けした黒い肌に、クリクリの短い髪の毛で、どんぐりみたいに丸い目玉をしていた。そして天秤棒を肩に担ぎ、街の市場やビーチを歩きまわって観光客を相手に商売をしていた。

天秤棒の左右には、木の丸い天秤皿がぶらさがって、片方にヘビ、もう片方は平衡をたもつため、石や死んだネズミの入った袋が載せられていた。

ヘビは一メートルくらいの大きさで、いつも皿の上でとぐろを巻いていて、ウンパと名付けられ、天秤を担ぐイサによくなついていた。ウンパとイサは寝るのも食事をするのも一緒で、かれこれ六年間も共に生活をしている。

ウンパの主食はネズミだった。普段はのんびりした動きのウンパだったが、ネズミを捕まえるときは素早かった。狙いを定めると、まん丸の黒い目を光らせて、ビョンと飛んで食らいつく。それから胴体を絡み付け、窒息させてから、ゆっくり飲み込むのだった。

このウンパと芸を見せて、イサは見物人からお金をもらっていたのだった。

イサは観光客がやってくる場所に行くと、天秤を担いだまま、島に昔から伝わるお経みたいな歌を唄いはじめる。見物人が集まってくると、天秤皿の上でとぐろを巻いていたウンパの頭がにょろりにょろりと動きだす。しばらくするとウンパは、右の天秤からヒモをつたって移動をし、イサの肩までやってくる。それから、ゆっくりイサの首に絡みついていく。イサは首が絞められ、顔を赤くして苦しそうな表情になる。でも唄うことをやめず、声を嗄《か》らしながら唄っている。見物人はドキリとする。しかし実際は苦しくもなんともない。苦しそうなのはイサの演技だった。ウンパもちょうどいい絞め加減を心得ていた。見物人の中には心配して、「へい！」「だいじょうぶか！」と声をかけてくる者がいるが、イサは手を前に出し、苦しそうな顔のまま、にこりと笑うのだった。

次にウンパは、イサの肩を伝って反対の天秤皿へ移動する。イサはポケットから死んだネズミを取り出し、尻尾を持って自分の前でぶらんぶらんさせる。ウンパは狙いを定めると、ジャンプをしてネズミをくわえ、もとの天秤皿に飛び移る。ここでイサの歌の調子が変わり、足でリズムをとりながら激しく速くなる。

ウンパもネズミをくわえたまま首を振って踊りだす。すると天秤は、ぐらんぐらん揺れて、ウンパがますます凶暴に見えるのだった。

歌が終わると、ウンパはふたたびイサの身体をのぼって頭の上までやってくる。そして「くれてやる」と言わんばかりに見物人に向かって、ネズミを飛ばす。このとき見物人から悲鳴があがる。

それからウンパは、ゆっくりとイサの頭から肩に降り、ヒモを伝って天秤皿に戻って、皿の上でふたたびとぐろを巻く。イサは反対側の皿に載せてあった石やネズミの入った袋を外す。天秤はウンパの重さで傾く。ここでイサの口上がはじまる。

「さあさあ、ご覧になった方々は、こっちの天秤にお金を置いてください。このまま、天秤が斜めですと、ウンパの機嫌が悪くなって、そちらの方へ飛びかかっていくかもしれません」

イサは見物客の中を練り歩く。

「またまた、コインの方が重たいとかいって気を使ってもらわなくても結構ですよ。紙のお金しかなかったら、その金額に見合った重さの石を置いて行きますので、どうぞどうぞ、お札も大歓迎」

とぐろを巻いたウンパは天秤皿の上で見物人を睨むように、まん丸の黒い目を光らせている。見物人は恐る恐るお金を置いていく。

「さあさあ、まだ足りないよ、ウンパと同じ重さにならないと、ウンパは天秤の居心地が悪くて機嫌が悪くなりますよ。それにウンパは見物していた方々の顔を憶えていますからね、もしタダで見て帰ろうものなら、ひっそり後をつけて、人目のないところで、背後から、踵にガブッと嚙みつくかもしれませんよ。嚙まれた人は、十分後に毒がまわって、頭が八倍にふくれあがってしまい、じょじょに目が飛び出してきて、最後は、口から黄色い脳味噌が流れ出てきちゃいますからね。さあさあウンパと同じ重さになるまで、天秤皿に、お金を置いてくださいな」

天秤皿でとぐろを巻いて目を光らせているウンパであったが、実は毒ヘビではなかった。この島では、ぶつ切りにしてスープに入れたり、バーベキューで焼いたりする食用のヘビだった。だから、この口上、現地の島民には無用なのだった。

イサは四歳のときに、母のオマルに死なれて孤児になった。父親は産まれたときからいなかったが、島のどこかで生きている男とのことだった。しかし母が死んでしまった今となっては、だれが父なのか確かめることはできなかった。

母のオマルは、イサの使っている天秤棒を担いで果物を売っていた。片方に赤ん坊のイサを乗せて、もう片方に果物を載せ、市場や町を練り歩いていた。けれどもイサが四歳のとき、オマルは魚の毒に当たって死んでしまった。

魚はオマルと関係のあった男が持ってきたものだった。男は市場で働いていて、オマルと寝るために土産として魚を持ってきた。オマルは、この男のことを好きでもなかったが、男があまりにもしつこく言い寄って来るので、だらだら関係を続けていたのだった。

オマルがもらった魚はエカジといって、普段は毒を持たないが、メスは卵を産むとき、身を守るために毒を持つ。だから毒を持っている時期にエカジのメスを食べるときは、身に灰をなすりつけ、塩の入った袋に丸ごと入れて、一週間、土の中に埋めておく。そうすれば食べられるようになる。

男からエカジをもらったときは、ちょうど産卵期だった。けれどもオマルはそのことを知らずに、魚をぶつ切りにして、ニンニク、トマト、香辛料をたっぷり入れ、グツグツ煮込んでしまった。さらに運悪く、この毒はニンニクと混じると毒素が強まってしまう。それに毒は、味もニオイもないから、口にしたところで、まったくわからないのだった。

イサはその日、風邪をひいていたので、母の作った煮物を口にしたけれど、香辛料やニンニクがキツくて、身体が受けつけず、すぐに吐いてしまい、バナナしか食べていなかった。

一方、煮物を食べてしまったオマルは、夜中に寝床で泡を吹き出した。「うーうー」というオマルの唸り声でイサは目を覚ました。オマルは仰向けになったまま蟹みたいに口から泡を吹き出していた。身体は痙攣して、だんだん紫色になり、水色になっていった。

イサは、どうしたらいいのかわからず、ただ見ていた。オマルの身体は、水色の後に、色が抜けて白くなり、今度は腐った木のような茶色になって、ピタッと動かなくなった。そして、口から吹き出した泡だけが、しばらく、ぶくぶく音を立てていた。

三日経った。イサは売り物のバナナを食べながら、死んだ母をずっと眺めていた。部屋は物凄い臭いになっていた。島中のハエが集まってきて、オマルにたかり、イサにたかっていた。部屋は真っ黒だった。ハエが闇をつくっていた。そこに、魚を持ってきたあの男が呑気にやってきた。今度は、竹籠に入れたヘビをお土産に持ってきていた。

「おい。いるかい」

男は戸口で言った。

部屋の中からは、「ビイービイー」と、エンジンが震えるような音がしていて、ガラス窓は内側から真っ黒になっていた。

「なんだよ？　どうしたんだ？　おい！」

青いトタン扉を叩いてみたが反応はなかった。

「あけるぞ」

男が扉をあけると、「ビイービイー」が大きくなり、黒いかたまりが押し寄せてきた。ハエだった。

ハエは男の身体を包み込んだ。目や口や鼻の穴にへばりついてきて、男は、自分で顔面をバシバシ叩いて追い払った。

部屋の中を見ると、奥で女が仰向けになっていて、ハエがたかって真っ黒になっていた。さらに女の隣に真っ黒の物体があって、ゆっくり男の方を向いた。目玉がきらっと光った。両目以外、全身にハエがたかっていたイサだった。男は腰が抜けそうになって、「悪魔だぁっ！」と叫んで逃げ出した。

イサは立ち上がり、開け放たれた戸口まで歩き、走り去る男の後ろ姿を見ていた。足下には竹籠が置いてあって、中にはヘビが入っていた。

イサはランプの油を部屋に撒いて、マッチを擦って火を放った。それから母親の天秤棒を担ぎ、天秤皿に竹籠のヘビを乗せ家を出て丘の上に登った。

丘の上で家が燃えるのを眺めた。拾ってきた木材やもらったベニヤ板で壁を作り、屋根はトタンの粗末な家だったが、母との思い出がたくさん詰まっていた。

トタンの屋根が吹き飛んで、家の中から大きな炎が立った。真っ黒のかたまりになったハエが煙とともに空に舞い上がり、近所の人達が表に出てきて大騒ぎになった。上空は煙とハエで真っ黒になっていて、しばらくすると燃えたハエがバサバサ降ってきた。

家は全焼して、なにもなくなった。すべてが真っ黒になって、人々は、イサもオマルも灰になってしまったと思った。

後日、この家に魚やヘビを持ってきていた男が放火したと疑われたが、男は「ここには悪魔がいた。これは悪魔の仕業だ」と言い張った。近所の人々も、家が燃えていたとき空が真っ黒になって、ハエが降ってきたのを知っていたので、男の言うことは本当かもしれないと思った。

男の疑いは晴れたが、彼は悪魔を見てからというもの、どうも様子がおかしくなってしまった。

イサは燃えた家をあとにして、竹籠のヘビを乗せた天秤棒を担ぎ、いつも母と行っていた森へ向かった。

丘を越え、川の向こうの山に入って、三時間くらい歩くと、小さな湖があらわれる。さらに進んで小さな丘を越えると、小川があって、そこを渡ると森がひろがる。この場所を知っているのはイサとオマルしかいなかった。オマルはここで採った果物を持ち帰り、町で商売をしていた。

森には食べ物がたくさんあった。果物はもちろん、木の実やキノコ、薬草もある。土を掘りかえせばエンピロという甲虫の幼虫がいて、これを食べればタンパク源にも事欠かない。さらにエンピロの幼虫を餌にして湖で釣りをすれば、キンキスという淡水魚も釣れる。

イサとオマルは週に一回、この森にやってきて、オマルが果物を採取しているときに、イサは釣りをしていた。そして二人は大量の食料を背負って家に戻り、次の日に市場へ売りに行っていたのだった。

五年間、イサは、ほとんど森を出ずに男の持ってきたヘビと暮らしていた。このヘビがウンパだった。最初は、逃がしてやろうと、竹籠から出したが、ヘビはイサにつきまとい、放っておいたら、いつの間にかなついていた。

住居はクナッパの木の下にある根っこが盛り上がってできた大きな穴だった。中に枯れ草を盛って寝床も作った。

イサは毎朝起きると、小川で汲んできた水で湯を沸かし、カンナスビの葉を乾燥させたものでお茶をつくった。これには興奮作用があって、飲むと目が覚めるのだった。それから木の実を採ったり、魚釣りをした。ウンパは、たまにイサのもとを離れると、ネズミを数匹くわえて戻って来る。これはイサの分も含まれていて、ネズミを焼いて一緒に食べた。

ときたま母の夢を見たり、思い出したりすることもあったが、深い森に包み込まれ、ゆったりとした時間の中で過ごしていると、過去のできごとや悲しみは、いつのまにか薄らいでいった。

イサは半年に一回、町にマッチなどを買いにいった。母親の天秤棒を担ぎ、森でとれた果物や魚を天秤皿に載せて、市場で売り歩き、その売り上げで必要なものを購入した。ウンパも天秤棒に乗っけて町に行くのだが、たまに食用のヘビを売っていると勘違いされ「美味そうだね」などと言われることもあった。

森の中でウンパと自由に生きていたイサであったが、このような生活はあっけなく終わってしまう。

それは一年前のことだった。クナッパの木の下で目を覚ますと、いつもは森に聞こえない音がしていた。

立ち上がって耳を澄ましてみると、木がどんどんなぎ倒されている音で、たくさんの鳥が飛び立ち、動物が逃げ惑っていた。ダンプカーやブルドーザーのエンジン音も聞こえてきた。

彼らは森の中に道を作っていて、数週間後には、イサの住むクナッパの木まで二百メートルくらいのところまで近づいてきた。

道は、リゾートホテルから島の突端にある岬まで通すものだった。その岬は見晴らしが素晴らしく、とくに夕日が沈むときは、海が真っ赤に染まり、太陽は沈んだきり、もう戻ってこないのではないかと思えるくらいに美しかった。けれども岬へ行くには島の中を三日間歩かなければならなくて、島民でも行った者はほとんどいなかった。そこで道を作って、バスを走らせ、観光客でも簡単に行けるようにしようというのが、ホテルや政府の考えだった。

このままでは、どちらにしろイサの住んでいるクナッパの木もなぎ倒されてしまう。イサは仕方なく、天秤皿にウンパと最後にもぎとった果物や木の実を載せて、森を後にして町へ向かった。

数日間、イサは果物を売って金を稼ぎ、町の外れにある雑木林で眠っていたが、とうとう金もつきてしまった。それからは市場のゴミ置き場から食べ物をあさったり、ウンパの捕まえてきたネズミを食べたりして、なんとかしのいでいたのだが、ある日、市場の外れで食いかけのバナナとカビの生えたパンを拾ったあとに、ウンパと戯れていると、自分のまわりに市場に買い物に来ていた観光客が集まっていた。イサはいつものようにウンパを首に巻いたり、ネズミを食べさせていたのだが、彼らは大喜びをしてお金までくれたのだった。

以来、イサは観光客がいそうな、ビーチや市場でウンパと戯れるのを見せて、それが次第に芸になっていった。

芸を見せて金を稼げるようになったので、食うのには困らなくなった。住む場所は相変わらず町外れの雑木林だったが、拾ってきたベニヤやトタンで小屋を作った。中はほとんど丸見えで、雨漏りもする粗末なものだったけれど、寝ることはできた。ときどきクナッパの木の下にいるような気分で目を覚ますことがあったが、空は錆びたトタンで遮られていた。

イサが天秤棒を担いでヘビを連れて見せる芸は、次第に島民の間でも知られるようになり、皆は、よくもまあ、あの食用のヘビを手なずけたと感心していた。

しかし、そうなってくると良からぬことを考える奴らが出て来る。それは市場の裏にあるスラムのチンピラマフィアだった。彼らはイサを利用して金儲けをしようとした。

チンピラマフィアは島の反対側にある村から子供を誘拐して物乞いをさせたり、市場にやってくる観光客からスリをさせたり、麻薬を作って売ったりしている連中だった。

ある日、イサが市場で芸を見せ終わり、天秤を担いでビーチへ移動しようとしていると、連中と対面してしまった。真ん中には、ボスのケパルがいる。十人くらいの手下を連れていて、葉巻をスパスパやりながら歩いてきた。

イサが無視して彼らの間を通り抜けようとすると、手下が道を遮って立ちはだかった。

そして真ん中のケパルが話しかけてきた。

「おまえの噂は聞いてるぞ、イサっていうんだろ」

ケパルは身体の大きな男だった。顔はアバタだらけで、赤い鼻は、普通の人の三倍くらいに膨らんでいた。これは子供の頃に毒蜘蛛《どくぐも》に鼻を噛まれた後遺症で、膨らんだ鼻が、そのまま戻らなくなってしまったのだった。

「おまえは、ヘビを使って、いろいろな芸をやるんだろ。なんなら、いま見せてくれないか」

イサは首を横に振った。すると手下の一人が前に出てきた。

「生意気だぞ、ボスがやれって言ってるのに、やれねえってのか」

男は痩せていて、目玉がギョロッと飛び出していた。

「はやく、やれって言ってんだろう！」

イサは黙って突っ立っていた。

「はやくヘビの芸をやれってんだよ！」

痩せた男は金切り声をあげた。

「まあ、やりたくねえなら、仕方ねえけどよ」

ボスのケパルが言った。

「駄目ですよ。ボスがやれって言ってんだからやったらどうなんだい！　生意気だぞおめえ」

男はキャンキャン喚き立て、イサの目の前まで顔を持ってきた。

イサは、こいつの顔はどこかで見たことがあると思った。でも、誰なのか思い出せなかった。

「黙ってねえで、なんか言えこら！」

男の唾がイサの顔面に飛んできた。男の息は腐った果物のような臭いがした。

するとボスのケパルが男の首を片手でつかみ、葉巻の煙を大きく吐き出しながら、「もう、いいよ」と言った。吐き出した煙はケパルの顔面の前で漂って、そのまま彼の大きな鼻の穴に吸い込まれていった。

「あのな。もし、おれ達の仲間になれば、もっとたくさん仕事を取ってきてやるし、おめえも、チンケな市場で金を稼がねえでも、ホテルのショーや酒場でがっぽり儲けられるぞ」

ケパルが言った。しかし、もっと金を儲けられると言われても、イサは、こんな奴らと仲間になりたくはなかった。

「考えておいてくれよ。そのうち気が変わったら、おれのところに来い」

イサはなにも答えなかった。するとケパルが、天秤皿のウンパを指さして、「そのヘビ食えるやつだろ？」と言ってニタリと笑った。ケパルの大きな手は、毛深くて、蟹みたいだった。

「まあ、いいやな。とにかくよ、もし気が変わったら、おれのところに来い」

ケパルたちは去って行った。

それからイサは、ケパルたちと会いたくないので、市場で芸を見せるのをひかえ、ビーチだけで芸を見せていた。だから稼ぎも半分くらいになってしまった。


二週間後、ビーチで一仕事終え、イサが食堂でご飯を食べていると、ケパルの手下で、この前、キャンキャン喚き立ててきた痩せた男があらわれ、ニタニタしながらテーブルをはさんでイサの前に座った。

「元気にやってるか」

男の名前はシレンといい、すでにサシンをひと吸いして、目はうつろになっていた。彼はこのビーチで観光客相手にサシンを売っていた。サシンは島の法律で禁止されているが、これを精製して密売するのがチンピラマフィアの資金源でもあった。

サシンは、砂糖に似た茶色っぽい粉で、鼻から吸ったり、煙草に混ぜたり、指につけて歯を磨くようにして口の中に擦り付けて使用する。しばらくすると身体がシャキンとして薄ら寒くなり、脳味噌が氷で覆われ、それがゆっくり溶け出すような感じになる。そして、じっとり、すべての動作がのろくなり、苦痛や悩みが霧に包まれ、身の回りの煩わしいことがどうでもよくなってくる。

イサは鶏ガラのスープで炊いた飯に、炒めた鶏肉と野菜が載っているものを食べていて、手でちぎった鶏肉を足下のウンパにあげていた。シレンは皿を覗き込んで、イサの顔を見ると「うまいかい?」と言った。そしてウンパを指さして、「そのヘビも、うまそうだよな、おれはヘビが好きなんだ。もちろん食う方だけどよ。ヘビを食うと精力がつくからな」と言った。

イサは飯にレモンを搾りながら、シレンのことを睨んだ。

そのときだった。イサはこの男が誰なのかを思い出した。こいつは母に、あの魚を持ってきた男だった。「悪魔だ!」と叫んで逃げて行った男だった。

もちろんシレンの方はイサがオマルの子供だとは気づかなかったし、その子供は死んでいると思っていた。

「あのよ。おれはボスからよ、お前を見つけたら、アジトに連れてくるように言われてるんだ。だから、それを食い終わったら、おれと一緒に行くべよ」

シレンは煙草に火をつけて、イサが食事をするのを見ていた。シレンの吐く息はサシン中毒者特有の果物が腐ったような臭いがして、イサは気持ち悪くなってきた。

そしてシレンに対して憎しみの感情がふつふつわいてきた。でも、どうしたらいいのかわからなかった。とにかく、こんな奴とは関わりたくなかった。

飯を食い終わって、イサが立ち上がろうとすると、シレンが腕をつかんできた。骨張って乾いた皮膚の嫌な手だった。

「一緒に行くからな」

イサは腕をつかまれたが、無視して足下の天秤棒を持ち上げた。

シレンはイサをぐいっと引っぱり、さらに強く腕を握ってきた。指の骨が皮膚に食い込んできて気持ち悪かった。

「ほら行くぞ！」

イサが手を振りほどこうとして暴れると、天秤棒の先がシレンの頭に当たった。怒ったシレンは、イサが飯を食い終わったアルマイトの皿で頭を叩いてきた。「ポコン」と間の抜けた音が店に鳴り響いた。

すると突然、天秤皿に乗っていたウンパがシレンに向かって飛びかかり、腕に嚙みついて、絡み付いた。

「おい、やめろ、こいつはなにをやってんだ。やめろ、やめさせろ！」

ウンパはシレンの腕をグイグイ締め上げていった。シレンは悲鳴をあげて、床に倒れた。それでもウンパは離れない。

イサは床に転がってのたうちまわるシレンを黙って見ていた。しばらくすると腕の骨が軋む音が聞こえてきた。ウンパの締め上げる力はもの凄かった。

厨房から料理人が出てきて、野次馬も集まってきた。その中にはケパルの手下が三人まじっていた。

「なにやってんだ」

手下の中の一番大きな男が言った。

「助けてくれ、助けてくれよ」

天然パーマの手下が、厨房に飛び込んで行き、大きな骨切り包丁を持って出てきた。

「おい、やめろ！」

イサが怒鳴って、天然パーマの手下に突っかかって行こうとすると、脇に立っていたひょろ長い手下に突き飛ばされ、大きな手下に羽交い締めされた。

ウンパの胴体は、みっちり腕に絡み付いていて、さらにシレンがのたうち回っているので、骨切り包丁を持った天然パーマの手下は、どうにもこうにも狙いが定められずにいた。

「早く、早く、このヘビやっちまってくれよ!」

シレンが叫んだ。天然パーマの手下は、しゃがんでシレンを見下ろし、包丁を振り上げていたが、なかなか振り下ろすことができない。そのまま振り下ろすと、シレンも切ってしまいそうだった。

「なにやってんだ、おれにかせ」

シレンがヘビの絡まってない方の手を出したので、天然パーマの手下が包丁を渡した。

シレンは、ウンパの頭をめがけて包丁を振り下ろした。スパッと切れたウンパの頭が飛んでいった。

けれども胴体は、相変わらずシレンの腕を締め続けていた。ウンパは頭が無くなっても最後の力を振り絞って、シレンの腕を締めていた。

骨が砕けていく音がした。シレンの叫び声が大きく響いて、とうとう腕の骨は粉々になってしまった。シレンは気絶した。

イサは床に転がったウンパの頭を拾って泣き叫んだ。ウンパの黒いまん丸の目玉は、まだ光っていた。

手下はイサをケパルのアジトに連れて行くことにした。

天然パーマの手下がイサの身体をつかんで歩かせた。イサは右手にウンパの頭、左手にウンパの胴体を握っていた。シレンは気絶したままで、大きな手下が肩に担いだ。ひょろ長い手下は、なにも載っていないイサの天秤棒を担いでいた。

ケパルのアジトは市場の裏にあるスラムの一角にあった。入り組んだ細い路地を進み、何度も右に左に曲がると小さな広場に出た。

広場には紙くずや空き缶、生ゴミなんかが散らばっていて、スラムの子供たちが裸同然の格好で遊んでいた。

小さな女の子のスカートからは、パンツが丸出しになっていて、お尻のところに「神は見ている」とプリントされていた。男の子はダボダボの半ズボンを穿いていて、金玉が飛び出していた。観光客はやって来ないので、島の政府も放ったらかしにしている地区だった。

広場の脇を入っていくと、分厚い鉄板の門があらわれた。門の前では数人の男が地面に座っていて、ムシロの上にカードを並べて賭博をしていた。

ひょろ長い手下が声をかけると、男たちは、面倒くさそうに立ち上がり、ゴロゴロガラガラと門をあけた。門は男数人でかからないと開けることができない重さだった。

門の奥には煙突のある黄色い屋根の小屋が建っていて、絶え間なく白い煙がたちのぼっている。そこはサシンを精製する工場だった。

さらに奥に進むと、芝生の中庭があって、庭に面した一角に、ブロック塀を赤く塗った建物があった。

建物の中は昼間なのに薄暗かった。床は打ちっぱなしのコンクリートで、空気がひんやりしている。そして奥の安楽椅子に葉巻をくわえたケパルが座っていた。

イサは手下にケパルの前まで連れて行かれた。ケパルは目を細めながら、イサの手に握られているウンパを見た。

「死んじまったのか」

イサは黙っていた。

「かわいそうに」

ケパルは葉巻の煙を吐き出した。

「こいつがやったのか？」

ケパルは床に転がるシレンを指さした。シレンは手下にバケツの水をぶっかけられ、意識を取り戻し、「いてえ、いてえよ」と叫びながら、あぶら汗をかいて震えていた。

「こいつが、ヘビを殺しちまったんだな」

イサはうなずいた。

「なんで、こいつのヘビを殺しちまったんだ」

シレンは顔を上げた。「ちち、ちがうよ、おれが、やられたんだ。おれが、ヘビに殺されかけたんだ。なあ坊主、そうだよな、お前のヘビが、おれの腕に絡みついて」

イサはシレンを睨んでいた。

「おお、おれがヘビに殺されかけたんだよ」

「だったら、おめえが死んだ方がましだったたんじゃねえのか」

ケパルが言った。

「そそ、そんなこと言わねえで、それより早く、なな、なんとかしてくれよ、腕がびろんびろんで、動かねえ、いてえよ、いてえって！」

シレンは大きな声で叫んだ。

ケパルは吸っていた葉巻をシレンに投げつけた。火の粉が飛び散って、シレンの首筋に当たった。

「ぎゃっ、あち、あちいよ！」

「黙ってろ」

「でも、いてえよ！」

「あのよ。おれがヘビを殺して、こいつを連れてこいって言ったか？　ヘビが死んじまったら意味ねえだろ！」

ケパルは安楽椅子から立ち上がり、床に転がるシレンの頭を踏みつけた。

「だいたいおめえよ、売り物のサシンをチョロまかして、自分でやってるそうじゃねえかよ」

「そ、そそ、そんなこと、やってねえよ」

「嘘つくんじゃねえよ。おめえサシンやりすぎて、だいぶ頭がいかれちまってるんじゃねえのか。嘘も本当もわかんなくなっちまってるんじゃねえのか」

「いかれてないって」

「んなら正直に言えよ」

ケパルは足でシレンの顔をぐりぐりやった。

「ややや」

「正直に言え、こら！」

「ややや、やりましたけど、少しだけだって」

ケパルは大きなため息をついた。

ゆっくり足を上げ、その足でシレンの頭をおもいっきり蹴りつけ、それから何度も何度も、蹴ったり、踏みつけたりした。

はじめはシレンの悲鳴が聞こえていたが、顔がだんだん変形してきて、悲鳴すら聞こえなくなった。

イサは目の前で起こった出来事やケパルの凶暴性に恐れを感じていたが、同時に、なにもかもが滑稽で、安っぽい芝居のように思えてきた。

ケパルは動きを止めた。息が荒くなっていて肩が大きく動いていた。それから葉巻をくわえ、マッチを擦って、火をつけると、顎で手下に指示を出した。

手下たちはシレンの足を持って外に引きずっていった。コンクリートの床には血の赤い線ができた。その線を見ていたら、イサは、なんだかいろんなことが、どうでもよくなってきた。

「今回はすまねえことをしちまった」

ケパルは、イサの肩をつかんだ。

「でもよ、死んじまったもんは仕方がねえ。どちらにしろ、人間だって、ヘビだって、いずれは死ぬんだ」

芝居がかった物言いのケパルを見て、イサは、なにを格好つけて、この男はあたりまえのことを言ってるのだと思った。

「さあヘビをよこせ。供養してやるから」

ケパルはイサの手からウンパを取り上げた。

「おめえは疲れただろ、ちょっと休んだらどうだ」

ケパルは葉巻の煙を吐き出して、「あれ持ってこい」と言うと、手下が温かいお茶を持ってきた。

「飲め、落ち着くからよ」

もらったお茶を飲むと、イサはもうろうとしてきた。そして、こっちを見ているケパルの顔が、なんだか自分に似ているような気がした。お茶の中には少量のサシンが混ざっていた。

気づくとイサは中庭のベンチで眠っていた。空は暗くなっていたが、あたりは騒がしく、男たちが庭の真ん中で火を囲んでいた。

小さなラジオからは、ねっとりしたリズムに、あっけらかんとした声の女性が唄う歌が流れていた。この曲は二十年前に島で流行《はや》ったものだった。男たちは大きな声で笑ったり踊ったりしていた。女の姿もちらほらと見えた。

イサがベンチから立ち上がると、気づいた手下の一人が、「ヘビの坊主、こっち来いよ」と言った。

火の上には網が載っていた。肉やバナナや野菜を焼いていて、こうばしいニオイの煙が漂っていた。

「特製のバーベキューソースに漬けて焼いたから」

手下が網の上で焼いていた肉をトングでつまんで皿に載せ、イサに渡した。炎の向こうではケパルが椅子に座っていて、イサを見ると微笑《ほほえ》んだ。

皿の上に載っているのは、四角くひらきにされて焼かれた肉だった。イサは肉を指でつまんでみた。焼かれてしまっていたが、形や感触から、それがウンパだとわかった。

「食えよ。供養だよ」

炎の向こうからケパルが言った。

イサはつまんだ肉を口の中に入れて、ぼんやり空を見た。たくさんの星が光っていた。口の中のウンパはまったく味がしなくて、まるで空を食べているようだった。

初出
どろにやいと　群像　二〇一四年一月号
天秤皿のヘビ　群像　二〇一三年二月号
『12星座小説集』（講談社文庫）所収

**戌井昭人**（いぬい・あきと）
1971年、東京生まれ。玉川大学文学部芸術学科演劇専攻卒。パフォーマンス集団「鉄割アルバトロスケット」を主宰し、台本、出演ほか担当。主な著書に『まずいスープ』『ぴんぞろ』『ひっ』『すっぽん心中』（以上、表題作は芥川賞候補）、『俳優・亀岡拓次』、『ただいま　おかえりなさい』『八百八百日記』（多田玲子との共著）などがある。2014年、「すっぽん心中」で第40回川端康成文学賞受賞。

どろにやいと

二〇一四年八月二五日　第一刷発行

著者――戌井《いぬい》昭人《あきと》

発行者――鈴木 哲
発行所――株式会社講談社
東京都文京区音羽二―一二―二一
郵便番号　一一二―八〇〇一
電話　出版部　〇三―五三九五―三五〇四
販売部　〇三―五三九五―三六二二
業務部　〇三―五三九五―三六一五
印刷所――凸版印刷株式会社
製本所――黒柳製本株式会社



ISBN978-4-06-219105-0